KB166506

포스트맨은 벨을 두 번 울린다

The Postman Always Rings Twice

The Postman Always Rings Twice
by James M. Cain

세계문학전집 169

포스트맨은 벨을 두 번 울린다

The Postman Always Rings Twice

제임스 M. 케인

이만식 옮김

민음사

빈센트 로렌스에게

차례

1장

정오 무렵 건초 트럭에서 쫓겨났다. 전날 밤 저 아래 국경 부근에서 신나게 놀고 트럭에 올라탔는데, 덮개 밑에 들어가자마자 곯아떨어진 것이다. 티아 후아나에서 삼 주를 보낸 뒤라 잠이 정말로 부족했다. 그래서인지 엔진을 식히려고 도로변에 차를 댈 때도 나는 여전히 잠들어 있었다. 그런데 내 발 한쪽이 비쭉 나온 것을 보고 그들이 나를 쫓아냈다. 나는 그들을 웃기려고 해 봤지만 그저 냉담한 반응뿐이었고, 농담 밑천도 바닥났다. 그래도 그들에게 담배 한 개비를 얻었다. 나는 먹을 것을 찾아 도로를 걸어 내려갔다.

그때 바로 이 '쌍둥이 떡갈나무 선술집'을 우연히 발견했다. 캘리포니아에 수없이 널린 그저 그런 도로변 샌드위치 식당이었다. 식당이 있고, 그리고 그 위에 사람들이 사는 살림집, 나가면 한쪽에 주유소, 그리고 뒤쪽에 모텔이라고 불리는 대여섯 채의 오두막이 있었다. 나는 불쑥 안으로 들어가서는 도로 아래쪽을 살펴보기 시작했다. 그리스인 주인이 나타나자 나는 캐딜락을 탄 녀석이 들르지 않았는지 물었고, 여기서 그와 점심을 같이하기로 했다고 말했다. 오늘은 없었다고 그리스인이 말했다. 그는 테이블에 포크, 나이프 등을 내려 놓으면서 무얼 먹겠느냐고 물었다. 나는 오렌지 주스, 콘플레이크, 달걀 프라이와 베이컨, 엔칠라다,[1] 핫케이크와 커피를 달라고 말했다. 그가 오렌지 주스와 콘플레이크를 금방 들고 나왔다.

"잠깐. 해 둘 말이 있는데요, 그 녀석이 안 나타나더라도 나를 믿어 줘야 합니다. 이건 그 친구가 내기로 했던 것이고, 난 주머니가 비었거든요."

"알았소. 마음껏 드쇼."

주인은 내 속사정을 눈치챈 듯했다. 그래서 캐딜락 녀석에 관한 언급은 그만뒀다. 나는 주인이 뭔가를 원한다는 걸 금세 알아차렸다.

"여봐, 뭐 하나, 어떤 일을 해?"

"어, 이것저것, 이것저것. 왜요?"

"나이가 몇이신가?"

"스물넷."

"젊은이구먼, 그렇지? 마침 젊은 사람이 필요해, 가게에 말이야."

---

1) 고추로 양념한 멕시코 요리의 일종.

"여기 참 좋네요."

"공기, 좋지. 로스앤젤레스 같은 매연은 없어. 매연이 전혀 없지. 좋아, 깨끗해. 언제나 좋고 깨끗해."

"밤에는 정말 좋겠네요. 지금도 공기 냄새를 맡을 수 있을 정도예요."

"잠이 잘 오지. 자동차 좀 알지? 수리도 하고?"

"물론이죠. 타고난 정비사거든요."

그는 이곳 공기에 관해서, 그리고 가게를 산 뒤 자신이 얼마나 건강해졌는지, 그리고 종업원이 왜 안 붙어 있으려는지 알 수 없다는 둥 얘기를 늘어놓았다. 이유를 짐작할 수 있었지만, 그저 밥이나 먹었다.

"여봐, 여기가 맘에 드는 것 같아?"

그때쯤 마시던 커피를 내려놓고 주인이 준 시가에 불을 붙였다. "어떤 사정인지 말씀드리죠. 다른 한두 군데에서 일해 보라는 제안을 받았거든요. 하지만 생각해 볼게요. 다 잘될 게 확실해요."

그때 나는 그녀를 보았다. 그때까지 그녀는 뒤쪽 부엌에 있었는데, 내 그릇을 치우러 들어온 것이다. 몸매를 제외하면, 정말로 뇌쇄적인 미인은 아니었지만 샐쭉한 표정을 지녔고, 뭉개 버리고 싶을 만큼 입술이 톡 튀어나와 있었다.

"집사람일세."

그녀는 나를 쳐다보지도 않았다. 나는 그리스인을 향해 고개를 끄덕이고 시가를 조금 흔들어 댔는데, 그게 전부였다. 여자가 접시를 들고 나갔는데, 그와 나로 보자면, 그녀는 왔다 간 것 같지도 않았다. 그런 뒤 나는 자리를 떴다가 오 분 뒤에 캐딜락 녀석에게 메시지를 남긴다며 돌아왔다. 그 일자리를 얻는 데 삼십 분이 걸렸고, 어느새 나는 주유소에서 바람 빠진 타이어를 고치고 있었다.

"여봐, 이름이 뭐야?"

"프랭크 체임버스요."

"난 닉 파파다키스."

우리는 악수했고, 그는 가 버렸다. 일 분 뒤 그의 노랫소리가 들렸다. 썩 괜찮은 목소리였다. 주유소에서는 부엌이 꽤 잘 보였다.

2장

3시쯤 차 앞유리 통풍구[2)]에 누군가 붙여 놓은 스티커 때문에 아주 열 받은 녀석이 들어왔다. 김을 쐬어 떼어 내기 위해 통풍구를 들고 부엌에 들어가야 했다.

"엔칠라다인가요? 당신들 요리법을 제대로 알고 있더군요."

"당신들이라니 무슨 뜻이죠?"

"왜요, 당신과 파파다키스 씨. 당신과 닉 말이에요. 점심으로 먹었는데, 꽤 맛있었어요."

"아, 그래요."

"헝겊 좀 있어요? 이걸 붙잡아 두게요."

2) 환기를 위해 바깥쪽으로 돌릴 수 있게 만들어 놓은, 자동차 앞유리에 있는 작은 패널.

“그런 뜻이 아니죠?”

“아니요, 진심이에요.”

“당신은 내가 멕시코인이라고 생각하잖아요.”

“전혀 그런 거 아니에요.”

“아니, 그래요. 당신이 처음도 아닌데요. 자, 이거 받아요. 나도 당신처럼 백인이에요, 알겠어요? 머리카락이 검어서 그렇게 보일지는 몰라도 나도 당신처럼 백인이라고요. 여기서 잘 지내고 싶으면, 명심해요.”

“왜요, 당신은 멕시코인처럼 보이지 않아요.”

“내 말이 그 말이에요. 나도 당신처럼 백인이라고요.”

“그래요, 당신은 조금도 멕시코인처럼 보이지 않아요. 멕시코 여자들은 모두 엉덩이가 크고 다리가 굵고 턱 밑까지 젖가슴인 데다가 피부와 머리카락이 노래서 베이컨 비계가 얹혀 있는 것 같아 보이죠. 당신은 그렇게 보이지 않아요. 아담하고, 근사한 하얀 피부에 머리카락은 부드러운 곱슬이죠, 비록 검은색이지만 말이에요. 멕시코인처럼 보이는 게 하나 있다면 치아뿐이에요. 그들은 모두 이가 하야니까, 당신의 하얀 이를 그들에게 넘겨주면 돼요.”

“결혼 전에 내 성(姓)은 스미스였어요. 그건 아주 멕시코인처럼 들리지는 않죠, 그렇죠?”

“아주 그렇지는 않네요.”

“더구나 난 이 동네 출신도 아니에요. 아이오와 출신이죠.”

“여봐요, 스미스. 이름이 뭐죠?”

“코라. 원한다면 그렇게 불러도 좋아요.”

거기 들어가서 내가 어떤 기회를 잡은 것인지 그제야 확실히 알았다. 그녀가 요리해야 했던 엔칠라다도 아니었고, 그녀의 머리카락이 검은색이라는 사실도 아니었다. 자신이 백인이 아니라고 느끼게 하는 저 그리스인과 결혼했다는 사실이었다. 그래서 그녀는 내가 파파다키스 부인이라고 부르려는 것조차 두려워했다.

"알았어요, 코라. 그럼 날 프랭크라고 부르는 건 어때요?"

코라가 다가와 내 일을 도와주기 시작했다. 아주 가까이에 있어서 그녀의 냄새를 맡을 수 있었다. 그녀의 귀 바로 가까이에 대고 속삭이듯 빠르게 내뱉었다. "그나저나 도대체 어떻게 저 그리스인과 결혼하게 된 거죠?"

채찍으로 세게 맞은 것처럼 코라가 펄쩍 뛰었다. "그게 당신과 무슨 상관이죠?"

"상관 있죠, 많이."

"통풍구 여기 있어요."

"고마워요."

나는 밖으로 나왔다. 그리고 원하던 걸 얻었다. 그녀에게 정통으로 급소를 한 방 먹였는데, 심하게 맞았기 때문에 아플 터였다. 그건 앞으로도 계속 코라와 나 사이의 관심사가 될 것이었다. 그녀가 인정하지 않을지도 모르지만 적어도 나를 말리지는 않을 것이었다. 그녀는 내 의도를 알았고 내가 자신의 속마음을 안다는 사실도 알았다.

그날 밤 저녁 식사 시간, 그리스인은 내게 감자튀김을 더 갖다 주지 않는다고 그녀에게 화를 냈다. 그는 내가 이곳을 마음에 들어 해서 다른 이들처럼 떠나지 않기를 바랐다.

"이 사람에게 먹을 것을 좀 갖다주지."

"난로 위에 있잖아요. 직접 가져다 먹으면 안 되나요?"

"괜찮습니다. 아직 필요 없어요."

그는 계속 시켰다. 생각이 있는 위인이라면, 뭔가 뒤에 있다는 걸 알아차렸을 것이다. 단언하건대 그녀는 사내가 직접 음식을 담게 내버려 둘 사람이 아니었기 때문이다. 하지만 그는 멍청했고, 그래서 계속 긁어 댔다. 우리는 부엌 식탁에 앉았는데 그가 한쪽에, 그녀는 그 반대쪽에, 그리고 나는 가운데에 있었다. 나는 코라를 보지 않았다. 하지만 그녀의 옷은 볼 수 있었다. 치과에서 일하든 빵집에서 일하든 누구나 입는 그런 하얀 간호사복 같은 옷이었다. 아침에는 깨끗했는데, 지금은 주름이 약간 져서 구깃구깃했다. 그녀의 냄새를 맡을 수 있었다.

"제기랄, 알았어요."

그녀가 감자를 가지러 일어섰다. 그때 옷섶이 잠깐 벌어졌고, 그래서 나는 그녀의 다리를 볼 수 있었다. 그녀가 감자를 갖다 줬을 때, 나는 먹을 수가 없었다. "글쎄, 자, 보라니까요. 그 난리를 쳤는데, 이제 그는 먹고 싶어 하지도 않네요."

"알았어. 하지만 '혹시' 먹고 싶으면 더 먹을 수 있잖아."

"배고프지 않아요. 점심을 푸짐하게 먹었거든요."

그는 대단한 승리를 한 것처럼 행동했다. 이제 그는 자신이 대단한 사람이라도 된 것처럼 그녀를 용서하기로 했다. "괜찮은 여자야. 내 작고 하얀 새. 내 작고 하얀 비둘기지."

그가 윙크를 하고는 2층으로 올라갔다. 코라와 나는 그곳에 앉아 한마디도 하지 않았다. 닉이 큰 술병과 기타를 들고 내려왔다. 술을 조금 따라 줬는데 달짝지근한 그리스 와인이어서 속이 느글거렸다. 그가 노래 부르기 시작했다. 테너 목소리였지만, 라디오에서 흘러나오는 가냘픈 테너가 아니라 굵은 목소리의 테너였다. 게다가 고음부에서는 카루소 음반처럼 흐느끼는 목소리를 내곤 했다. 하지만 더 이상 그의 노래를 들을 수가 없었다. 시간이 지날수록 속이 더 안 좋아졌다.

그가 내 얼굴을 보더니 밖으로 데리고 나갔다. "밖에 나가 바람을 쐬면 속이 좀 나아지겠지."

"괜찮아요. 괜찮아지겠죠."

"앉아. 조용히 하고."

"들어가요. 그냥 점심을 너무 많이 먹었을 뿐이에요. 괜찮아지겠죠."

그는 들어갔고 나는 먹은 걸 모두 토해 냈다. 빌어먹을 점심, 아니면 감자나 와인이었을 것이다. 저 여자를 지독하게 원했기 때문에 뱃속에 어떤 것도 담아 둘 수 없었다.

다음 날 아침, 간판이 바람에 날려 떨어졌다. 한밤중에 바람이 불기 시작하더니 아침이 되자 폭풍이 되어 간판을 떨어뜨린 것이다.

"지독하네. 저걸 좀 봐."

"엄청 센 바람이었어요. 잠을 못 잤어요. 밤새도록 한잠도 못 잤다니까요."

"센 바람인 건 그렇다 치더라도, 저 간판 좀 봐."

"박살 났네요."

나는 간판을 계속 어설프게 만지작거렸다. 닉이 밖으로 나와 나를 지켜봤다. "근데 이 간판 어디서 났어요?"

"여길 살 때부터 있었어. 왜?"

"정말 형편없네요. 도대체 정말로 장사를 하려는 건지는 모르겠지만요."

나는 차에 기름을 넣으러 갔고, 그가 생각해 보도록 내버려 뒀다. 돌아와 보니, 그는 식당 앞에 간판을 기대어 놓고 여전히 눈을 깜빡이며 바라보고 있었다. 전구 세 개가 박살 났다. 플러그를 꽂았지만 나머지 반에도 불이 들어오지 않았다.

"새 전구를 끼우고 걸어 놓으면 괜찮을 거야."

"주인은 아저씨니까요."

"뭐가 문제야?"

"그러니까, 유행이 지났어요. 아무도 전구 간판은 안 써요. 네온 간판을 쓰죠. 보기가 더 좋고 전기도 많이 안 먹고. 게다가 뭐라고 써 있죠? '쌍둥이 떡갈나무', 그게 다예요. '선술집' 부분에는 불도 안 들어오고. 그러니까 '쌍둥이 떡갈나무'라는 말로는 식욕을 돋우지 못할 것 같네요. 들러서 요기해야겠다 싶게 하지 않는다니까요. 몰라서 그렇지, 저 간판이 손해를 보게 한다고요."

"고치면 괜찮을 거야."

"왜, 새 간판 하나 하죠?"

"바빠."

하지만 조금 후 그가 종이 한 장을 들고 돌아왔다. 새로운 간판을 손수 그렸는데, 빨간색, 하얀색과 푸른색 크레용으로 색칠까지 했다. '쌍둥이 떡갈나무 선술집' 그리고 '식사', '바비큐', '깨끗한 화장실'에다 '주인 N. 파파다키스'라고 적혀 있었다.

"멋진데요. 사람들이 깜짝 놀라겠네요."

내가 철자법에 맞게 단어를 고쳤고, 그는 글자에 소용돌이 장식체를 더 추가했다.

"닉, 옛날 간판은 포기해 버리죠. 오늘 시내에 가서 새 간판을 이렇게 맞추는 게 어때요? 멋지네요, 내 말 믿으라니까요. 게다가 이건 중요해요. 간판이 좋아야 가게도 좋아 보이죠, 안 그래요?"

"좋았어. 맙소사, 주문하러 가겠어."

로스앤젤레스에서 30킬로미터 정도밖에 안 떨어져 있지만, 그는 마치 파리에 가는 것처럼 차려입고 점심 식사 바로 뒤에 떠났다. 그가 가 버리자마자 나는 현관문을 잠갔다. 어떤 녀석이 남겨 둔 접시 하나를 집어 들고 뒤쪽 부엌으로 갔다. 코라가 거기 있었다.

"저기 밖에 있던 접시예요."

"아, 고마워요."

나는 접시를 내려놨다. 포크가 탬버린처럼 챙그랑거렸다.

"가려던 참이었는데, 요리를 시작해서 그러지 않는 게 좋겠다고 생각했어요."

"나도 할 일이 많아요."

"속은 좀 나아졌어요?"

"괜찮아요."

"가끔 그저 아주 사소한 것 때문에 그렇게 돼요. 물을 갈아 먹는다든가, 뭐 그런 것 때문이죠."

"아마 점심을 너무 많이 먹었기 때문일 거예요."

"무슨 소리죠?"

누군가 현관에서 문을 덜거덕거렸다. "누군가 들어오려는 것 같네요."

"문이 잠겼어요, 프랭크?"

"내가 잠갔나 봐요."

그녀가 나를 쳐다봤고 얼굴이 창백해졌다. 그녀가 여닫이 문으로 가서 밖을 내다보았다. 그런 다음 식당에 들어갔다가 곧 돌아왔다.

"사람들이 가 버렸어요."

"내가 왜 잠갔는지 모르겠네."

"열어 놓는 걸 잊어버렸네."

그녀가 다시 식당 쪽으로 가려 했지만, 내가 막았다. "그냥, 잠긴 채로 놓아 둡시다."

"문이 잠겨 있으면 아무도 들어올 수 없어요. 요리할 게 좀 있고, 이 접시도 닦아 놓아야 하고."

그녀를 품에 안고 그녀의 입술에 내 입술을 뭉갰다…… . "날 깨물어! 깨물어 줘!"

그녀를 깨물었다. 내 이빨이 그녀의 입술을 너무 깊이 파고 들어 가 입속으로 피가 뿜어져 나오는 걸 느낄 수 있었다. 그녀를 안고 2층으로 올라갈 때 피가 그녀의 목덜미를 타고 흘러내렸다.

3장

그런 뒤 이틀 동안 죽어지냈지만 그리스인이 화를 내는 바람에 나는 적당히 넘어갈 수 있었다. 내가 식당에서 부엌으로 이어지는 여닫이문을 고치지 않는다고 그가 화를 냈던 것이다. 코라는 여닫이문이 뒤로 흔들리다 자신의 입을 쳤다고 그에게 말했다. 그에게 뭔가 핑계를 대야 했다. 내가 깨물었던 부분이 온통 부어오른 것이다. 그래서 그는 내가 고치지 않았으니 내 잘못이라고 말했다. 나는 문 스프링을 늘여 더 느슨하게 해 놓았다.

하지만 닉이 화가 난 진짜 이유는 간판 때문이었다. 새 간판에 푹 빠진 그는 그 아이디어가 자신의 것이 아니라 내 아이디어라고 내가 말할까 봐 두려워했다. 정말로 대단한 간판이라서 그날 오후까지 만들어 낼 수가 없었다. 사흘이나 걸렸다. 완성된 간판은 내가 시내에 가서 가져와 달았다. 그가 종이에 그렸던 게 전부 다 그 위에 있었고, 게다가 다른 게 한두 가지 더 있었다. 그건 그리스 국기와 성조기, 악수하는 손 그리고 '고객 만족 보장'이었다. 모두 빨간색, 하얀색과 푸른색 네온사인 글자였다. 어두워질 때까지 기다렸다가 간판을 켰다. 내가 스위치를 올리자, 크리스마스트리처럼 불이 들어왔다.

"와, 내 평생 수많은 간판을 봤지만 저런 건 처음이에요. 인정해 줘야겠는데요, 닉."

"이런, 이런."

우리는 악수했다. 우리는 다시 친구가 됐다.

다음 날 코라와 잠시 단둘이 있게 됐다. 내가 그녀의 다리를 주먹으로 얼마나 세게 쳤는지 하마터면 그녀를 넘어뜨릴 뻔했다.

"어떻게 그런 짓을 할 수 있어?" 그녀가 퓨마처럼 으르렁거렸다. 나는 그녀의 그런 면이 좋았다.

"기분 어때, 코라?"

"형편없어."

나는 다시 그녀의 냄새를 맡기 시작했다.

어느 날 그리스인은 위쪽 도로에서 어떤 녀석이 자기보다 기름을 싸게 판다는 소리를 들었다. 확인해 보려고 그가 바삐 차에 올랐다. 그가 운전해서 갈 때 나는 내 방에 있었는데, 휙

돌아서 부엌으로 달려 내려갔다. 그녀가 이미 문에 서 있었다.

다가가서 입술을 바라봤다. 그동안 어떻게 됐는지 살펴볼 기회가 없었다. 부기는 다 빠졌지만, 아랫입술과 윗입술 모두에 작고 푸른 잇자국이 여전히 보였다. 나는 손가락으로 입술을 쓰다듬었다. 부드럽고 촉촉했다. 키스했지만 거칠게는 하지 않았다. 약하고 부드러운 키스였다. 전에는 결코 그런 생각을 해 본 적이 없었다. 그리스인이 돌아올 때까지 코라는 한 시간 정도 머물렀다. 우리는 아무 짓도 하지 않았다. 그저 침대에 누워 있었다. 그녀는 생각에 잠긴 듯 천장을 올려다보며 내 머리카락을 헝클어뜨렸다.

"블루베리파이 좋아해?"

"잘 모르겠어. 그래. 그런 것 같아."

"내가 좀 만들어 줄게."

"조심해, 프랭크. 리프스프링[3] 부러뜨리겠어."

"망할 놈의 리프스프링."

우리는 도로변의 작은 유칼립투스 숲 속으로 돌진해 들어갔다. 그리스인이 형편없다며 티본 스테이크를 도로 갖다주라고 우리를 시장에 보냈는데, 오는 도중 날이 어두워졌다. 차를 숲으로 처박듯 몰자 차체가 흔들거리며 튀어 올랐다. 나무 사이에 차를 세웠다. 라이트를 끄기도 전에 그녀의 팔이 나를 감싸 안았다. 우리는 맘껏 즐겼다. 잠시 후 우리는 망연히 그

3) 길이가 다른 쇠나 나무판을 몇 겹으로 겹쳐 만든 자동차의 완충 장치.

곳에 앉아 있었다. "이런 식으로 계속할 수는 없어, 프랭크."

"나도 그래."

"난 견딜 수가 없어. 당신한테 푹 빠졌어, 프랭크. 내 말 무슨 뜻인지 알지? 완전히 반했어."

"알아."

"게다가 난 저 그리스인을 증오해."

"왜 결혼했어? 나한테 말해 준 적 없잖아."

"당신에게 아무 말도 해 주지 않았지."

"이야기하면서 시간을 낭비하지는 않았지."

"난 간이식당에서 일했어. 로스앤젤레스 간이식당에서 이 년 보내고 나면 처음 금시계를 차고 나타난 남자를 선택하게 돼."

"언제 아이오와를 떠났어?"

"삼 년 전에. 미인 대회에서 우승했지. 디모인에 있는 고등학교 미인 대회에서. 거기 살았거든. 부상이 할리우드 여행이었어. 내 사진을 찍어 대는 열다섯 명의 사내 녀석을 거느리고 여왕처럼 떠났어. 그런데 이 주 뒤 난 그 간이식당에 있었어."

"돌아가지는 않았어?"

"사람들이 신나게 입방아 찧도록 해 주고 싶지 않았어."

"영화에 출연했어?"

"스크린 테스트를 했어. 얼굴은 괜찮았어. 그런데 요즘은 말을 하잖아. 영화에서 말이야. 내가 말을 시작하니까, 카메라 앞에서 말이야, 내가 어떤 애인지 알아차리더라고, 나도 그랬고. 아이오와 디모인의 싸구려 계집애에게는 딱 원숭이 정도

만큼의 기회밖에 없었어. 아니, 원숭이보다 못하지. 어쨌든 원숭이는 웃길 수라도 있잖아. 내가 할 수 있는 역이라곤 역겨운 것뿐이었어."

"그런 다음엔?"

"그런 다음 이 년 동안 사내놈들이 내 다리를 꼬집고 팁이랍시고 5센트 동전을 남겨 놓고는 오늘 밤 파티 한 판 어때 하고 물어봤어. 그런 파티에 몇 번 갔어, 프랭크."

"그런 다음엔?"

"그런 파티가 뭘 뜻하는지 알지?"

"알아."

"그런 다음 그가 왔어. 그를 선택했고 그렇게 그가 나를 도와줬지. 그에게 눌어붙어 있을 작정이었어. 하지만 더 이상 견딜 수 없어. 맙소사, 내가 작고 하얀 새처럼 보여?"

"차라리 지독한 고양이처럼 보이는데."

"잘 봤어, 그렇지. 그게 당신 매력이야. 당신이라면 항상 속일 필요가 없으니까. 게다가 당신은 깨끗해. 개기름이 흐르지 않아. 프랭크, 그게 뭘 뜻하는지 알기나 해? 당신은 개기름이 흐르지 않는다고."

"짐작할 수는 있어."

"그렇지 않을걸. 그게 여자에게 뭘 뜻하는지 남자는 알 수 없어. 개기름이 흐르는 누군가가 옆에 있으면, 그가 건드릴 때마다 역겹고 구역질이 나지. 난 정말로 그렇게 지독한 고양이는 아니야, 프랭크. 그저 더 이상 견딜 수 없을 뿐이지."

"당신 뭘 하려는 거야? 날 놀리는 거야?"

"아, 알았어. 그럼, 난 지독한 고양이야. 하지만 내가 그렇게 나쁘다고는 생각하지 않아. 개기름이 흐르지 않는 사람하고라면 말이지."

"코라, 나와 함께 달아나는 건 어때?"

"생각해 봤어. 많이 생각해 봤지."

"저 그리스인을 버리고 날라 버리자. 그냥 날라 버리자."

"어디로?"

"어디든지. 뭐 하러 신경을 써?"

"어디든지. 어디든지. 그게 어딘지 알아?"

"어디나. 우리가 선택하는 어디든지."

"아니, 그렇지 않아. 그건 간이식당이 될 거야."

"지금 간이식당에 대해 얘기하는 게 아니야. 길에 대해 얘기하는 거라고. 재미있어, 코라. 게다가 나보다 더 길을 잘 아는 사람은 없을걸. 난 길에서 벌어지는 온갖 일들에 대해 훤해. 게다가 어떻게 해야 하는지도 알아. 그게 우리가 원하는 게 아닌가? 그저 한 쌍의 방랑자가 되는 것. 우린 정말 방랑자잖아."

"당신은 멋진 방랑자였어. 양말조차 없었으니."

"당신은 그런 날 좋아했잖아."

"당신을 사랑했어. 셔츠 하나 없어도 당신을 사랑했을 거야. 특히 셔츠를 안 입은 당신을 사랑했을 거야. 당신 어깨가 얼마나 멋지고 단단한지 느낄 수 있을 테니까 말이야."

"철로 감시원들을 주먹으로 패다 보면 근육이 발달하지."

"게다가 당신은 온몸이 단단해. 덩치가 크고 키도 크고 단

단하지. 게다가 머리카락은 밝은색이고. 매일 밤 베이럼[4]을 바르는 검정 곱슬머리에 작고 나약하고 개기름 흐르는 남자는 아니지."

"베이럼에서 좋은 냄새가 나는 건 확실해."

"하지만 그걸로는 안 돼, 프랭크. 그 길로 가면 결국 간이식당에 이르게 될 거야. 간이식당은 내 차지이고, 당신도 비슷한 일자리겠지. 형편없는 주차장 일이나 하고. 당신은 작업복을 입겠지. 당신이 작업복 입은 모습을 보면 난 울 거야, 프랭크."

"글쎄?"

그녀는 내 손을 자신의 양손에 감아쥐고 한참을 그대로 앉아 있었다.

"프랭크, 날 사랑해?"

"그럼."

"어떤 것도 문제가 안 될 만큼 그렇게 날 많이 사랑해?"

"그럼."

"방법이 하나 있어."

"방금 자신이 정말로 지독한 고양이는 아니라고 말하지 않았던가?"

"그렇게 말했고 진심이었지. 난 당신이 생각하는 그런 사람은 아니야, 프랭크. 일해서 뭔가 되고 싶고, 그게 다야. 하지만 사랑이 없으면 그렇게 할 수 없지. 알겠어, 프랭크? 어쨌든, 여자는 어쩔 수 없어. 글쎄, 내가 한 가지 실수를 했어. 그러니

---

4) 월계수잎을 럼주에 담가 만든 머리 화장수.

그걸 바로잡기 위해서, 단 한 번, 지독한 고양이가 돼야만 해. 하지만 난 정말로 지독한 고양이는 아니야, 프랭크."

"그런 짓 하면 교수형당할 거야."

"당신이 제대로 하면 그렇지 않아. 당신은 똑똑해, 프랭크. 난 절대로 당신을 조금도 속이지 않았어. 당신이 방법을 생각해 내 봐. 방법은 아주 많아. 걱정 마. 궁지에서 빠져나오려고 지독한 고양이로 변해야 했던 여자는 내가 처음이 아니잖아."

"그는 내게 아무 짓도 하지 않았어. 괜찮은 사람이야."

"괜찮은 것 좋아하네. 단언하건대, 그에게선 냄새가 나. 개기름이 흐르고 냄새가 나. 게다가 그에겐 정장 네 벌에 실크 셔츠가 열두어 벌인데, 당신이 '감사합니다, 또 오세요.'라고 등에 인쇄된 작업복을 입고 자동차 정비소에서 일하도록 내가 내버려 둘 거라고 생각하는 거야? 그 사업의 반은 내 것 아닌가? 내가 요리하지 않아? 내가 요리를 잘하지 않아? 당신도 당신 몫을 하지 않아?"

"그런 짓을 해도 괜찮은 것처럼 말하네."

"당신과 나 빼놓고 괜찮은지 아닌지 누가 알겠어?"

"당신과 나."

"그래, 프랭크. 그것만 문제가 돼, 안 그래? 당신과 나와 길도 아니고, 당신과 나를 빼면 그 어떤 것도 중요하지 않지."

"그렇지만 당신이 지독한 고양이인 건 틀림없어. 당신이 없었다면 이런 감정을 느낄 수 없었을 거야."

"그게 우리가 하려는 짓이지. 키스해 줘, 프랭크. 입술에."

그녀에게 키스했다. 그녀의 눈이 두 개의 푸른 별처럼 나를 바라보며 반짝였다. 마치 교회에 있는 것 같았다.

4장

"뜨거운 물 좀 있어요?"

"욕실은 어쩌고요?"

"닉이 안에 있어요."

"아, 주전자 물 좀 드릴게요. 닉은 목욕할 때 더운물을 몽땅 쓰는 걸 좋아해요."

우리는 입 맞춰 둔 대로 연극했다. 밤 10시쯤이었고 일찌감치 상점 문을 닫았다. 그리스인은 토요일 밤의 목욕을 즐기려고 욕실에 있었다. 물을 들고 방에 올라가 면도 준비를 했는데, 그때 차를 밖에 놔 뒀다는 생각이 난 것으로 각본이 짜여 있었다. 그렇게 밖으로 나간 뒤에 누가 오면 코라에게 경적을 울려 알리기로 했다. 닉이 욕조에 들어가는 소리가 들릴 때까지 기다렸다가, 그녀가 수건을 가지러 욕실로 들어가기로 했다. 그러고는 내가 끝부분에 쇠구슬을 뭉쳐 넣어 만든 설탕 자루 곤봉으로 그를 뒤에서 후려칠 것이었다. 처음에는 내가 하려고 했다. 하지만 내가 면도칼을 찾는다고 말하면 도와주려고 그가 욕조 밖으로 나올 수도 있고 또 다른 짓을 할지도 몰랐다. 하지만 코라가 들어간다면 그가 별 신경을 쓰지 않으리라고 짐작했다. 그런 다음 그가 익사할 때까지 그녀가 꾹 누를 것이었다. 그다음에는 물이 약간 흐르도록 내버려 두고, 현관 지붕으로 통하는 창밖으로 발을 내디뎌 미리 세워 둔 사다리를 타고 땅으로 내려온다. 코라는 내게 곤봉을 건네고 부엌으로 돌아간다. 나는 쇠구슬을 상자에 도로 넣고, 자루를 던져 버리고, 차를 넣어 놓고 내 방으로 올라가 면도를 시작한다. 그녀는 부엌에 물이 뚝뚝 떨어질 때까지 기다렸다가 나를 부른다. 우리는 문을 부수고 그를 발견하고 의사를 부른다. 우리는 그가 욕조에서 미끄러져 기절한 다음 익사한 것처럼 보이리라고 짐작했다. 자신의 욕조에서 사고가 더 많이 난다고 누군가 쓴 신문 기사에서 내가 힌트를 얻었다.

"조심해요. 뜨거워요."

"고마워요."

물은 스튜 냄비에 있었다. 방으로 들고 올라가 서랍장 위에 내려놓고 면도 기구를 늘어놓았다. 아래층으로 내려가서 차가 있는 밖으로 나갔다. 그리고 도로와 욕실 창문 모두를 볼 수 있게 차 안에 자리를 잡았다. 그리스인이 노래를 부르고 있었다. 무슨 노래인지 기록해 두는 게 좋겠다는 생각이 들었다. 「마더 마크리(Mother Machree)」였다. 한 번 부르더니 전부 다시

한 번 더 불렀다. 나는 부엌 안을 들여다봤다. 그녀가 여전히 거기 있었다.

트럭 한 대와 트레일러 한 대가 커브 길을 돌아 나왔다. 경적에 손가락을 댔다. 가끔 트럭 운전사가 요기를 하려고 멈추는데, 그들은 열릴 때까지 문을 두드려 대는 사람들이다. 하지만 그들은 그냥 지나갔다. 자동차가 한두 대 더 지나갔다. 차들은 멈추지 않았다. 다시 부엌 안을 들여다봤는데, 그녀는 거기 없었다. 침실에 불이 들어왔다.

그런 다음, 갑자기 현관 뒤쪽에서 뭔가 움직이는 게 보였다. 거의 경적을 울릴 뻔했지만, 회색 고양이었다. 고양이 한 마리에 소스라치게 놀랐다. 그때 고양이를 보리라고는 전혀 생각하지 못했던 것이다. 고양이는 잠시 보이지 않더니 다시 사다리 주변에서 냄새를 맡고 있었다. 경적을 울리고 싶지 않았다. 고양이일 뿐이니까. 하지만 사다리 주변에서 서성이는 게 마음에 걸렸다. 차에서 내려 그곳에 다가가서 쫓아 버렸다.

차 쪽으로 반쯤 돌아갔는데 고양이가 되돌아와서 사다리를 올라타기 시작했다. 다시 쫓아 버렸고, 오두막집 있는 데까지 멀리 달아나게 했다. 나는 다시 차로 되돌아가기 시작했다. 잠시 멈춰 서서 고양이가 되돌아오는지 살펴봤다. 주 경찰이 커브 길을 돌아서 왔다. 그는 내가 거기 서 있는 걸 보고 시동을 껐다. 내가 움직일 틈도 없이 바퀴를 굴려 왔다. 그는 나와 차 사이에 멈춰 서 있었다. 나는 경적을 울릴 수가 없었다.

"별일 없죠?"

"그냥 차를 치우려고 나왔어요."

"당신 차요?"

"우리 사장 거죠."

"알았소. 그저 확인하는 거요."

경찰관이 주변을 살폈다. 그때 그가 뭔가를 봤다. "젠장. 저 길 봐요."

"뭘 보라고요?"

"망할 놈의 고양이, 저 사다리를 타고 올라가잖아요."

"아하."

"난 고양이를 좋아해요. 저놈들은 항상 뭔가로 올라가요."

그가 장갑을 끼고는 어둠 속을 한 번 쳐다봤다. 그러고는 가속 페달을 한두 번 밟더니 가 버렸다. 경찰관이 시야에서 벗어나자마자 경적을 울리려고 달려 내려갔다. 너무 늦었다. 현관에서 불빛이 번쩍하더니, 집 안의 불이 전부 다 나갔다. 안에서 코라가 끔찍한 소리로 비명을 질렀다. "프랭크! 프랭크! 큰일 났어요!"

부엌으로 달려 들어갔지만 안은 아주 깜깜했고 주머니에 성냥이 없어 더듬거리며 길을 찾아야 했다. 코라는 내려오고 나는 올라가다가 우리는 계단에서 만났다. 그녀가 다시 비명을 질렀다.

"조용히 해, 제발 조용히 해! 해치웠어?"

"그래. 하지만 불이 나가 버렸고, 그래서 계속 물 밑으로 누르고 있질 못했어."

"그를 살려 내야만 해! 밖에 주 경찰이 있어. 게다가 그가 사다리를 봤단 말이야!"

"의사에게 전화해!"

"당신이 전화해. 내가 그를 끄집어낼 테니까!"

그녀는 내려갔고 나는 올라갔다. 욕실로 들어가 욕조로 갔다. 닉이 거기 물속에 누워 있었지만 머리는 물 밑에 잠겨 있지 않았다. 그를 끌어 올렸다. 지옥 같은 시간이었다. 그의 몸은 비누 때문에 미끄러웠고, 어쨌든 그를 끌어 올리려면 물속에 서 있어야만 했다. 그동안 아래층에서 그녀가 교환수에게 하는 말이 들렸다. 교환수는 그녀에게 의사를 연결해 주지 않았다. 경찰서를 대 줬다.

그를 일으켜 세워 욕조 모서리에 걸쳐 누였다. 그런 다음 나는 밖으로 빠져나왔고, 침실로 그를 질질 끌어 침대에 누였다. 그러고 나자 코라가 올라왔고 우리는 성냥을 찾아 촛불에 불을 붙였다. 그런 다음 우리는 그에게로 가서 갖은 애를 다 썼다. 나는 젖은 수건으로 그의 머리를 감쌌고, 그동안 그녀는 그의 팔다리를 주물렀다.

"구급차를 보낸대."

"알았어. 당신이 하는 짓을 그가 봤어?"

"모르겠어."

"그의 뒤에 있었나?"

"그런 것 같아. 하지만 그때 불이 나갔고, 그래서 무슨 일이 있었는지 몰라. 당신 전깃불에 무슨 짓 했어?"

"아무 짓도 안 했어. 퓨즈가 나갔어."

"프랭크, 그의 의식이 돌아오지 않으면 좋겠어."

"의식이 돌아와야 돼. 그가 죽으면 우린 끝장이야. 장담하는데, 그 경찰이 사다리를 봤어. 그가 죽으면 경찰이 알게 될 거야. 그가 죽으면 우린 잡힐 거야."

"하지만 만약 그가 나를 봤다면? 의식이 돌아왔을 때 그가 무슨 말을 하겠어?"

"아마 보지 못했겠지. 그저 경찰이 우리 얘기를 믿게 만들기만 하면 돼, 그게 다야. 당신이 여기 들어와 있었고 불이 나갔고 그가 미끄러져 넘어지는 소리를 들었고 말을 걸자 그가 대답하지 않았어. 그런 다음 당신이 나를 불렀고, 그뿐이야. 그가 무슨 말을 하든 당신은 그냥 이걸 고수해야 돼. 그가 어떤 걸 봤든 그건 그저 그가 상상한 거야, 그게 다야."

"구급차는 왜 서둘러 보내지 않지?"

"금방 올 거야."

구급차가 오자마자 그들은 닉을 들것에 싣더니 차에 밀어 넣었다. 코라는 그와 함께 타고 갔다. 나는 차로 뒤따랐다. 글렌데일까지 반쯤 갔는데, 주 경찰이 알아보고 우리 앞에서 달렸다. 그들이 시속 110킬로미터로 달리는 바람에 나는 따라잡을 수 없었다. 내가 병원에 도착했을 때는 그를 구급차에서 들어 내리고 있었다. 주 경찰이 그 과정을 지휘하고 있었다. 나를 봤을 때 그가 흠칫하더니 나를 응시했다. 아까 그 경찰이었다.

사람들이 닉을 데리고 안으로 들어가서 침상에 누이더니 바퀴를 굴려 수술실로 들어갔다. 코라와 나는 복도에 앉았다. 바로 간호사가 오더니 우리와 함께 앉았다. 그런 다음 경찰이 들어왔는데 경사와 함께였다. 그들은 나를 계속 주시했다. 코라는 간호사에게 어떤 일이 있었는지 말하고 있었다. "내가 거기 안에 있었는데, 그러니까 욕실 말이에요, 수건을 가지러요. 그때 정전이 됐는데, 마치 누가 총을 쏜 것 같았어요. 오, 맙소사, 끔찍한 소리가 났어요. 그가 넘어지는 소리가 들렸어요. 그는 서 있었는데, 막 샤워기를 틀려던 참이었죠. 그이에게 말을 건넸는데 아무 말도 없었어요. 너무 어두워서 아무것도 보이지 않았고, 그래서 무슨 일이 일어났는지 몰랐어요. 전기에 감전됐든가 뭐 그랬을 거라고 생각했다는 뜻이죠. 그런데 그때 프랭크가 내 비명을 듣고 와서는 그를 밖으로 끄집어냈어요. 그런 다음 내가 구급차를 불렀어요. 그렇게 빨리 오지 않았더라면 내가 무슨 일을 했을지 모르겠어요."

"늦은 밤의 연락에는 언제나 서두르죠."

"그가 심하게 다쳤는지 아주 걱정돼요."

"그런 것 같지는 않아요. 지금 저기서 엑스레이 사진을 찍고 있어요. 항상 엑스레이 사진으로 알아보거든요. 하지만 그가 심하게 다친 것 같지는 않아요."

"오, 맙소사, 그렇게 되지 않기를 바라요."

경찰들은 한마디도 하지 않았다. 그들은 그저 거기 앉아 우리를 바라보았다.

닉이 수술실 밖으로 나왔는데 머리에 붕대가 감겨 있었다. 그를 엘리베이터에 태웠다. 코라와 나, 그리고 간호사와 경찰이 모두 탔다. 닉을 데리고 올라가 병실에 넣었다. 모두 그곳에 들어갔다. 의자가 충분하지 않았다. 그를 침대에 누이는 동안 간호사가 나가서 의자 몇 개를 더 갖고 왔다. 모두 앉았다. 누군가 무슨 말을 했고 간호사가 조용히 하라고 시켰다. 의사가 와서 진찰하고 나갔다. 한참을 그대로 앉아 있었다. 그때 간호사가 닉을 보더니 말했다.

"지금 의식이 돌아오는 것 같네요."

코라가 나를 바라봤고 나는 재빨리 시선을 돌렸다. 경찰들이 몸을 앞으로 기울여 그가 하는 말을 들었다. 닉이 눈을 떴다.

"이제 기분이 좀 나아졌어요?"

닉은 아무 말도 하지 않았고 다른 사람들도 마찬가지였다. 너무 고요해서 내 심장 뛰는 소리가 귀에 들릴 지경이었다. "부인을 몰라보겠소? 여기 계시네. 불이 나갔다고 어린애처럼 욕조에서 넘어지다니 부끄럽지도 않아요? 부인이 화났소. 부인에게 말하지 않겠소?"

그가 뭔가를 말하려고 안간힘을 썼지만 말할 수 없었다. 간호사가 다가가서 닉의 뺨을 톡톡 쳤다. 코라가 그의 손을 잡고 토닥거렸다. 그는 잠시 눈을 감고 누워 있었다. 그런 다음 입을 다시 움직이기 시작했다. 그가 간호사를 쳐다봤다.

"온통 어두워졌죠."

환자에게 더 이상 말을 시키지 말라고 간호사가 주의를 주자, 나는 코라를 데리고 내려와 차에 태웠다. 우리가 출발하자마자 경찰이 오토바이를 타고 뒤에서 따라왔다.

“우리를 의심해, 프랭크.”

“같은 녀석이야. 내가 경계하면서 거기 서 있는 걸 보자마자 뭔가 잘못됐다는 걸 알아차렸어. 아직도 그렇게 생각하고 있어.”

“이제 어떻게 하지?”

“모르겠어. 사다리에 모든 게 달려 있어. 그게 뭣 때문에 거기 있었는지 그가 알아차리는지 여부는 말이야. 쇠구슬 곤봉은 어떻게 했어?”

“아직 여기 갖고 있어, 내 옷 호주머니 속에.”

“하느님 맙소사, 당신을 체포하고 몸수색을 했더라면 우린 망했겠네.”

코라에게 칼을 줘서 자루의 끈을 끊고 쇠구슬을 꺼내게 했다. 그런 다음 뒤로 타고 넘어가게 해 자루를 뒷좌석 밑에 놓아 두게 했다. 그렇게 하면 공구와 함께 넣어 두는 천조각 같아 보일 것이었다.

“이제 거기 뒤에 계속 앉아 저 경찰을 잘 감시해. 내가 한 번에 하나씩 이 쇠구슬을 수풀 속으로 던져 버릴 테니까. 그가 어떤 것이든 눈치채는지 감시해야 돼.”

코라가 감시했다. 나는 왼손으로 운전했고 오른손을 핸들 위에 기댔다. 구슬을 던졌다. 창문 밖으로 도로를 가로질러 공깃돌처럼 쐈다.

“고개를 돌렸어?”

“아니.”

나는 나머지도 던졌다. 이 분마다 한 개씩. 그는 전혀 눈치채지 못했다.

차에서 나와 집으로 갔는데 여전히 어두웠다. 새것으로 갈아 끼우는 건 고사하고 퓨즈를 찾을 시간도 없었다. 차를 대자 경찰이 우리 차를 지나쳐 앞쪽에 오토바이를 세웠다. "두꺼비집을 살펴봐야겠네요, 친구."

"물론이죠. 나도 살펴볼게요."

우리 셋 모두 거기로 되돌아갔다. 그가 찰깍 회중전등을 켰다. 곧바로 그가 묘한 소리를 내며 상체를 굽혔다. 고양이가 배를 드러내고 네 발을 모두 위로 한 채 누워 있었다.

"너무 심한 거 아닌가? 끔찍하게 죽어 버렸네."

경찰이 현관 지붕 아래, 그리고 사다리를 따라 회중전등을 비췄다. "그거군, 맞았어. 기억나요? 우리가 저놈을 쳐다봤죠. 저놈이 사다리에서 두꺼비집으로 떨어졌고, 그래서 끔찍하게 죽은 거로군요."

"맞아요, 그거군요. 경관님이 막 떠나자마자 일이 벌어졌어요. 총알처럼 가 버렸잖아요. 내가 차를 움직일 시간조차 없었어요."

"도로 아래서 날 찾아냈죠."

"경관님은 거의 보이지 않았고요."

"사다리에서 떨어져 바로 두꺼비집으로 갔네요. 그러니까 그렇게 된 거군요. 저 불쌍하고 멍청한 녀석들은 전기에 대한 개념이 머릿속에 없으니까요, 그렇죠? 그럼요, 그놈들에겐 힘든 일이죠."

"맞아요, 고달픈 일이죠."

"그런 셈이네요, 고달프죠. 끔찍하게 죽었네요. 고양이도 예뻤는데. 기억나요, 저 사다리를 기어 올라갈 때 어떤 모습이었는지? 저놈보다 더 귀여운 고양이를 본 적이 없는데."

"게다가 색깔도 예뻤어요."

"게다가 끔찍하게 죽었죠. 그러니 이제 가야겠습니다. 우리 고민은 완전히 해결된 듯하니까요. 아시다시피 진상 조사를 해야 했거든요."

"맞아요."

"안녕히 계세요, 아가씨."

"안녕히 가세요."

5장

우리는 고양이도, 두꺼비집도, 다른 어떤 것도 건드리지 않았다. 우리는 침대 속으로 기어 들어갔다. 코라는 녹초가 됐다. 그녀가 울었다. 그런 다음 오한이 나서 덜덜 떨었다. 두 시간이 지나서야 그녀를 달랠 수 있었다. 그녀는 한동안 내 품에 안겨 누워 있었다. 그런 다음 우린 얘기하기 시작했다.

"절대로 다시는 안 돼, 프랭크."

"맞아. 절대로 다시는 안 돼."

"우리가 미쳤던 게 틀림없어. 완전히 미쳤던 게 분명해."

"우리가 빠져나온 건 순전히 운이 좋아서야."

"내 잘못이야."

"내 잘못도 있어."

"아니, 내 잘못이야. 그런 제안을 한 게 나잖아. 당신은 그러고 싶어 하지 않았어. 다음 번에는 당신 말을 들을게, 프랭크. 당신은 똑똑해. 당신은 나처럼 바보가 아니야."

"다음 번이 없다는 걸 제외한다면 말이지."

"맞아. 절대로 다시는 안 돼."

"만약 우리가 해치웠더라도 사람들이 짐작해 냈을 거야. 그들은 '언제나' 짐작해 내. 어쨌든 그냥 습관적으로 짐작해 내지. 뭔가 잘못됐다는 걸 경찰이 얼마나 빨리 알아차리는지 봤잖아. 그 때문에 내 피가 얼어붙어. 내가 거기 서 있는 걸 보자마자 알아차렸어. 그가 그렇게 쉽게 알아차릴 수 있는데 말이야, 그리스인이 죽었더라면 우리에게 운이 도대체 얼마나 있었겠어."

"내가 정말로 지독한 고양이는 아닌 것 같아, 프랭크."

"내 말이 그 말이야."

"그랬더라면 그렇게 쉽게 겁먹지는 않았을 거야. '아주' 겁났어, 프랭크."

"나도 정말로 많이 겁먹었어."

"불이 나갔을 때 내가 뭘 원했는지 알아? 당신뿐이었어, 프랭크. 그때 난 지독한 고양이가 전혀 아니었어. 어둠이 무서운 작은 소녀일 뿐이었어."

"나도 거기 있었지, 안 그래?"

"그 때문에 당신을 사랑해. 당신이 없었더라면 무슨 일이 벌어졌을지 모르겠어."

"정말 잘됐어, 안 그래? 그가 미끄러졌다고 한 것 말이야."

"그가 그렇게 믿고 있고."

"내게 맡겨. 매번 경찰을 속여 넘겼거든. 무언가 둘러댈 말이 있어야만 해, 그거면 돼. 빈틈을 다 메워야 되고, 게다가 될 수 있는 한 진실에 가깝게 만들어야 돼. 난 경찰들을 잘 알지. 많이 엉겨 봤거든."

"당신이 처리했어. 날 위해 언제나 당신이 처리해 줄 거지, 안 그래, 프랭크?"

"당신이야말로 내게 의미 있는 유일한 사람이야."

"난 정말로 지독한 고양이가 되고 싶지는 않은 것 같아."

"당신은 내 아기야."

"그래, 당신의 멍청한 아기일 뿐이지. 맞아, 프랭크. 지금부터는 당신 말을 들을게. 당신이 머리를 써. 나는 일을 할게. 일할 수 있어, 프랭크. 게다가 난 일 잘해. 우린 잘 맞을 거야."

"물론 그럴 거야."

"이제 잘까?"

"제대로 잘 수 있을 거라고 생각해?"

"우리가 처음으로 같이 자는 거야, 프랭크."

"좋아?"

"굉장해, 정말 굉장해."

"잘 자라고 키스해 줘."

"당신에게 잘 자라고 키스할 수 있다니 너무 좋아."

다음 날 아침, 전화가 우리를 깨웠다. 그녀가 받았다. 그녀가 눈을 반짝거리면서 올라왔다. "프랭크, 짐작해 봐."

"뭐야?"

"두개골에 금이 갔대."

"심하대?"

"아니, 하지만 입원해야 한대. 일주일쯤 있어야 하나 봐. 우리 오늘 밤에도 같이 잘 수 있어."

"이리 와."

"지금 말고. 일어나야 해. 가게를 열어야지."

"이리 와, 한 방 먹이기 전에."

"바보같이."

행복한 일주일인 건 맞았다. 오후에 코라가 운전해서 병원에 가곤 했지만 나머지 시간에는 함께 있었다. 그에게도 휴가를 준 셈이었다. 가게를 계속 열었고 일거리를 찾았고 또 장사가 잘됐다. 주일 학교 학생 백 명이 버스 세 대를 타고 나타나 숲에서 먹을 음식들을 한 보따리 사 간 일이 큰 도움이 되었다. 하지만 그렇지 않았더라도 일은 많았을 것이다. 금전 등록기로는 우리가 한 일을 눈치챌 수 없었다. 정말로 그랬다.

그러던 어느 날, 혼자 시내에 가려는 코라를 따라나섰다. 그녀가 병원에서 나오자 곧바로 해변으로 갔다. 그녀는 노란색 수영복과 빨간색 모자를 빌렸는데 처음에는 그녀를 알아보지 못했다. 어린 소녀 같아 보였다. 그녀가 얼마나 어린지 제대로 알게 된 건 그때가 처음이었다. 우린 모래사장에서 놀았다. 그런 다음 멀리 나가 큰 파도에 휩쓸렸다. 나는 머리로 파도를 느끼는 게 좋았고, 그녀는 발로 느끼는 걸 좋아했다. 마주 보고 누워서 물속에서 손을 잡았다. 나는 하늘을 올려다봤다. 하늘만이 눈에 들어올 뿐이었다. 신에 대해 생각했다.

"프랭크."
"응?"
"그가 내일 집에 와. 무슨 뜻인지 알지?"
"알아."
"당신 대신 그와 자야 해."
"그래야겠지. 그가 여기 왔을 때 우리가 사라져 버리지 않는다면 말이지."
"당신이 그렇게 말해 주길 바랐어."
"당신과 나와 길뿐이야, 코라."
"당신과 나와 길뿐이지."
"그저 한 쌍의 방랑자야."
"그저 한 쌍의 집시지만, 같이 있을 거야."
"그래. 같이 있을 거야."

다음 날 아침, 짐을 쌌다. 어쨌든 코라는 짐을 쌌다. 나는 정장 한 벌을 샀었다. 옷을 걸쳐 입었는데 그걸로 준비가 끝난 것 같았다. 그녀는 모자 상자에 소지품을 넣었다. 그녀가 짐을 다 꾸리고는 모자 상자를 내게 건넸다.
"차에 실어 줄래?"
"차라니?"
"차를 타고 가는 거 아니야?"
"당신이 첫날밤을 감옥에서 보내고 싶다면 몰라도, 그건 안 돼. 한 남자의 아내를 훔치는 건 별일 아니지만, 차를 훔치는 건 절도죄야."

"아."

우리는 출발했다. 버스 정류소까지 3킬로미터가 넘어서 히치하이크를 해야 했다. 차가 지나갈 때마다 담배 가게 인디언처럼 서서 손을 쑥 내밀었지만 아무도 멈추지 않았다. 남자 혼자라면 차를 얻어 탈 수 있을 것이다. 여자 혼자라도 가능하다. 물론 그 여자가 덥석 차에 올라탈 만큼 멍청하다면 말이다. 그러나 남녀가 함께라면 운이 좋지 않다. 스무 대 정도 지나간 후 코라가 포기했다. 우리는 4분의 1킬로미터쯤 와 있었다.

"프랭크, 못 하겠어."

"왜 그래?"

"이것 때문에."

"이것이 뭔데?"

"길."

"미쳤군. 당신은 피곤해, 그것뿐이야. 이봐, 당신은 여기서 기다려. 시내까지 태워 줄 사람을 구해 볼게. 어쨌든 그렇게 해야 해. 그러고 나면 괜찮아질 거야."

"아니, 그렇지 않아. 피곤하지 않아. 못 하겠어, 그게 다야. 그뿐이야."

"나와 같이 있고 싶지 않아, 코라?"

"내가 그렇다는 거 당신도 알잖아."

"당신도 알다시피, 우린 돌아갈 수 없어. 예전처럼 다시 시작할 수는 없어. 당신도 잘 알잖아. 당신이 정신 차려야 돼."

"말했지. 난 진짜 부랑자는 아니었어, 프랭크. 집시 같은 기분도 안 들어. 아무런 느낌도 없고, 이런 데서 차를 태워 달라고 구걸하다니, 그저 창피해."

"말했잖아. 도시까지 가는 차를 타게 될 거야."

"그리고 그런 다음엔 뭐지?"

"거기 있는 거지. 그런 다음 계속 가는 거야."

"아니, 그렇지 않아. 호텔에서 하룻밤을 보내고, 그 후엔 일자리를 찾기 시작하겠지. 초라한 곳에서 살면서 말이야."

"저긴 초라하지 않아? 당신이 방금 떠났던 집 말이야."

"그건 달라."

"코라, 당신 놀림감이 돼도 좋아?"

"벌써 됐어, 프랭크. 난 갈 수 없어. 안녕."

"잠깐 내 말 좀 들어 봐."

"안녕, 프랭크. 난 돌아가."

코라가 모자 상자를 계속 끌어당겼다. 어쨌든 그녀의 마음을 돌리려고 나도 상자에 매달렸지만, 그녀는 놓지 않았다. 그녀는 상자를 들고 돌아가기 시작했다. 출발할 때 귀여운 푸른색 정장에 푸른색 모자를 쓴 그녀가 멋져 보였다. 하지만 이제 그녀는 아주 지쳤고 신발은 더러웠고 우느라고 제대로 걷지도 못했다. 갑자기 나도 울고 있다는 사실을 깨달았다.

6장

샌버나디노까지 차를 얻어 탔다. 그곳은 철도 도시였으므로, 거기서 동부행 화물 열차에 뛰어오를 작정이었다. 하지만 그렇게 하지 않았다. 당구장에서 우연히 한 녀석을 만나 내기 당구를 쳤다. 신이 만든 최고의 봉(鳳)이었기에 아주 벅찬 상대였다. 그나마 녀석의 친구는 당구를 제대로 쳤는데, 바로 그 녀석이 문제였다. 두 녀석과 이 주를 빈둥거리며 그들이 갖고 있던 전부인 250달러를 뜯어냈다. 그런 다음 재빨리 도시를 빠져나가야 했다.

멕시칼리 방면으로 가는 트럭을 얻어 타고 나서는 250달러에 대해 생각해야 했다. 해변에 가서 핫도그 같은 걸 팔아 뭔가 더 큰 걸 시도해 볼 만한 돈이었으니까. 그래서 나는 차에서 내려 글렌데일로 되돌아가는 차를 잡아 탔다. 그녀와 우연히 마주치기를 희망하면서 그들이 장을 보는 시장 주변에서 어슬렁거리기 시작했다. 코라에게 두어 번 전화를 걸어 보았지만 그리스인이 받았고 잘못 건 전화라고 시치미 떼야만 했다.

시장 주위를 배회하는 짬짬이 한 블록 아래 떨어진 당구장 부근에서 어슬렁거렸는데, 어느 날 한 녀석이 테이블에서 혼자 연습을 하고 있었다. 큐를 잡은 자세로 보아 초보라는 걸 알 수 있었다. 나는 옆 테이블에서 치기 시작했다. 내 계산에 250달러면 핫도그 장사를 시작하기에 충분했지만, 350달러면 폼 잡고 앉아서 팔 수 있을 것 같았다.

"내기 당구를 하는 게 어때?"

"그런 시합을 해 본 적이 별로 없는데요."

"별거 아니야. 그냥 사이드 포켓[5]에 공을 쳐 넣는 거야."

"어쨌든 나에 비해 당신은 너무 잘하는 것처럼 보이는데요."

"나? 그저 풋내기일 뿐이지, 뭐."

"아, 그래요. 그저 친선 게임이라면 해 보죠."

게임을 시작했다. 나는 그가 기분 좋으라고 서너 게임을 이기게 해 줬다. 나는 이해할 수 없다는 듯 계속 고개를 가로저었다.

"너무 잘하는 것 같지? 아, 농담이야. 하지만 맹세코 난 실제로 이보다 더 잘해. 그저 잘 안 될 뿐이지. 게임을 재미있게

---

5) 당구대의 귀퉁이나 양쪽에 있는 공 받이.

하기 위해 1달러를 거는 게 어때?"

"아, 그래요. 1달러라면 많이 잃는 건 아니니까, 뭐."

게임당 1달러로 정했다. 나는 너덧 게임, 아니 좀 더 많은 게임을 져 줬다. 나는 아주 불안한 것처럼 공을 쳤다. 공을 치는 사이에 식은땀을 흘리는 것처럼 보이도록 수건으로 손바닥을 닦곤 했다.

"글쎄, 내가 그렇게 잘하는 것 같아 보이지 않네. 게임당 5달러로 하면 어때? 그러면 내가 잃은 돈을 되찾을 수 있고 그런 다음 한잔하자고."

"아, 그래요. 그저 친선 게임이니까, 당신 돈을 원하는 건 아니니까, 뭐. 게임당 5달러로 해요. 그다음 그만두죠."

나는 그가 너덧 게임을 더 이기도록 해 줬다. 하는 짓을 보면 내게 심장마비가 왔거나 뭐 그런 일이 벌어진 것처럼 보일 수도 있었다. 내 혈색이 매우 나빴다.

"여봐, 그나저나 내가 제대로 실력 발휘를 못 한다는 걸 알긴 하지만, 게임당 25달러로 하자고. 그래야 내가 본전을 찾지. 그런 다음 한잔해."

"판돈이 좀 큰데요?"

"뭐 어때? 당신은 내 돈 갖고 노는 거잖아, 안 그래?"

"아, 그래요. 좋아요. 25달러로 해요."

그때부터 제대로 치기 시작했다. 나는 당구 챔피언 호프도 치기 어려울 공을 쳐 냈다. 스리 쿠션으로 공을 집어넣고, 온갖 각도로 치고, 틀어 치기를 시도해서 테이블에서 공이 떠다니기도 했으며, 심지어 점프 샷도 하겠다고 선언했고 해냈다.

그는 '맹인 피아니스트 톰'이 아니고서는 할 수도 없을 솜씨였다. 공을 치다 실수했고, 아주 엉성한 자세에, 어쩌다가 맞추면 다른 포켓에 공을 넣었고, 쿠션 샷을 하겠다는 선언 같은 것은 결코 없었다. 그런데 당구장 밖으로 걸어나왔을 때, 내 250달러와 코라가 운전해서 장 보러 오는 시간을 기억하려고 산 3달러짜리 시계는 그에게 있었다. 아, 내가 잘 치는 건 맞았다. 유일한 문제점은 충분히 잘하지는 못했다는 것이었다.

"여봐, 프랭크!"

그리스인이었다. 내가 문 밖으로 채 나오기도 전에 길 건너편에서 나를 향해 달려왔다.

"그러니까 프랭크, 이 몹쓸 사람아, 어디 있었어, 그 사람 혼자 놔 두고 말이야. 내가 머리를 다쳐서 자네를 가장 필요로 할 바로 그때 왜 도망쳤어?"

우린 악수했다. 그는 아직도 머리에 붕대를 둘렀고 두 눈의 모양이 이상했다. 하지만 새 정장으로 잘 차려입었고 검은색 모자를 머리 한쪽에 삐뚜름하게 썼다. 보라색 넥타이를 매고 밤색 구두를 신었으며, 금색 시계줄이 호를 그리며 조끼를 가로질렀고 손에 큰 시가를 들고 있었다.

"이봐요, 닉! 몸은 어때요, 응?"

"나, 좋아. 방금 변소에서 나왔더라도 더 좋지는 않을 거야. 그런데 왜 나를 저버렸어? 자네한테 불같이 화가 났었어, 이 망할 친구야."

"날 알잖아요, 닉. 잠시 눌러 있었으면 또 떠돌아다녀야 하거든요."

"떠돌아다닐 시간 한번 잘 골랐네그려. 지금 뭐 해? 여봐, 아무 일도 안 하지, 이 망할 친구야, 내가 알지. 나와 같이 가서 스테이크를 사는 동안 얘기 좀 하지."

"혼자 나왔어요?"

"그렇게 멍청한 소리 좀 하지 마. 자네가 가 버린 지금 도대체 누가 가게를 계속 열어 놓을 수 있었다고 생각해, 응? 물론 나 혼자야. 나와 코라는 이제 함께 외출할 수가 없어. 하나가 나가면 다른 사람은 있어야 돼."

"글쎄, 그럼, 좀 걷죠."

닉이 스테이크를 사는 데 한 시간이나 걸렸다. 두개골에 어떻게 금이 갔는지, 어떻게 의사들이 그런 골절은 결코 본 적이 없었는지, 종업원 때문에 얼마나 끔찍한 시간을 보냈는지, 내가 떠난 뒤 들어온 두 녀석이 어떠했는지, 한 녀석은 고용한 다음 날 해고했고 다른 녀석은 삼 일 뒤 도망쳤는데 금전 등록기에 있던 걸 갖고 갔다고, 그리고 내가 돌아온다면 뭐든지 해 주겠다고 말하느라고 바빴으니까.

"프랭크, 할 말이 있어. 우린 내일 샌타바버라에 가, 나와 코라 말이야. 제기랄, 잠깐 놀러도 가야지, 안 그래? 피에스타[6]를 보러 갈 거야. 자네도 같이 가자고. 어때, 좋지, 프랭크? 우리와 같이 가고, 돌아와서 같이 일하는 건에 대해 얘기해 보자고. 샌타바버라 피에스타 좋아하지?"

---

6) 라틴 아메리카의 종교 축제.

"글쎄, 괜찮은 것 같네요."

"여자들, 음악, 거리에서 춤추고, 끝내주지. 여봐 프랭크, 어떻게 생각해?"

"글쎄, 잘 모르겠네요."

"내가 자네를 만났는데 데리고 가지 않으면 코라가 미친 듯이 화낼 거야. 자네를 깔보듯 대했는지 몰라도 그녀는 자넬 괜찮은 녀석이라고 생각해. 여봐, 우리 셋이 다 가자. 신나게 즐기자고."

"알았어요. 그녀가 괜찮다고 하면 같이 가요."

도착해 보니 여덟 내지 열 명쯤 되는 손님이 있었다. 그녀는 사용할 접시를 충분히 확보하기 위해 되는 대로 빨리 접시를 닦느라고 뒤쪽 부엌에 있었다.

"여봐. 여봐 코라, 좀 봐. 내가 누굴 데려왔는지 좀 봐."

"맙소사. 도대체 어디에서 오는 거예요?"

"오늘 글렌데일에서 만났어. 우리와 샌타바버라에 갈 거야."

"안녕, 코라. 잘 지냈어요?"

"정말 오래간만이네요."

코라가 재빨리 손을 닦고 악수했지만 손에 비눗기가 있었다. 그녀가 주문을 받으러 홀로 나갔고 나와 그리스인은 자리에 앉았다. 주문받는 일은 보통 그가 거들어 줬는데, 내게 뭔가 보여 주는 데 너무 들떠서 그녀 혼자 일하도록 내버려 뒀다. 큰 스크랩북이었다. 맨 앞에 귀화 증명서를 붙여 뒀고, 그다음 결혼 증명서, 그다음 로스앤젤레스 군 영업 허가증, 그다음 그리스 육군 시절의 사진, 그다음 그와 코라의 결혼 사진,

그다음 신문과 잡지에서 오려 낸 자기 사건에 관한 온갖 기사였다. 내가 보기에, 정기 간행물에서 오려 낸 기사들은 그에 관한 것이라기보다 고양이에 관한 것이 더 많았는데, 어쨌든 그 속에 그의 이름이 있었고 그가 어떻게 글렌데일 종합 병원에 실려 갔는지 어떻게 회복될 것으로 예상되는지에 관한 것이었다. 그래도 로스앤젤레스 그리스어 판 기사 하나는 고양이에 관해서보다 그에 관해서였고, 웨이터로 일할 때 찍은 예복 입은 사진과 그의 인생 이야기가 있었다. 그런 다음 엑스레이가 있었다. 대여섯 개나 있었는데, 어떻게 회복되는지 확인하려고 매일 하나씩 새로 찍었기 때문이다. 그가 엑스레이를 정리한 방법은 두 페이지의 가장자리를 풀로 붙인 다음 가운데를 정사각형으로 잘라 버리고 엑스레이를 밀어 넣는 것이었는데, 그걸 올려 빛에 대어 보면 안을 들여다볼 수 있었다. 엑스레이 다음에는 병원비 청구 영수증, 의사 진료 영수증과 간호 비용 청구 영수증이 있었다. 믿거나 말거나 그렇게 머리가 깨진 것 때문에 322달러나 들었다.

"여봐, 멋있지?"

"끝내주네요. 전부 정리돼 있네요."

"물론, 아직 끝나지 않았어. 빨간색, 하얀색, 파란색으로 칠할 거야. 잘 꾸며 놔야지. 좀 봐."

한두 페이지 환상적인 연출을 한 곳을 보여 줬다. 잉크로 소용돌이 장식체를 썼고, 그런 다음 빨간색, 하얀색, 파란색으로 칠했다. 귀화 증명서 위로 성조기 두 개와 독수리가 있었고, 그리스 육군 사진 위를 가로질러 그리스 국기들, 그리고 독수리 한 마리가 더 있었다. 결혼 증명서 위에는 나뭇가지 위에 한 쌍의 호도애[7]가 있었다. 다른 사진 위에는 무얼 그려 넣을지 그는 아직 생각해 내지 못했다고 했다. 오려 낸 기사 위로 꼬리에서 빨간색, 하얀색, 푸른색 불이 나오는 고양이를 그려 넣으면 어떻겠느냐고 내가 말했더니 그는 그거 아주 좋은 생각이라고 했다. 하지만 로스앤젤레스 군 영업 허가증 위에 '오늘 경매'라고 쓰인 경매인 깃발 두 개를 문 대머리수리가 있을 수 있다고 한 말은 알아듣지 못했다. 게다가 설명하려고 노력할 가치가 있어 보이지도 않았다. 하지만 나는 마침내 그가 왜 그렇게 잘 차려입었는지, 왜 보통 때처럼 음식을 나르지 않는지, 그리고 왜 그렇게 주요 인사인 것처럼 행동하는지 알아챘다. 그리스인의 두개골에 골절이 있었는데, 그와 같이 멍청한 얼간이에게 그런 일은 매일같이 일어나지 않는 법이다. 그는 이제 막 약국을 개업한 이탈리아 놈 같았다. 빨간색 봉인이 찍힌 '약사'라는 그놈의 물건을 얻자마자 이 이탈리아 놈은 검은색 테두리의 조끼에 회색 정장을 차려입고는, 너무 중요인물이 된 나머지 시간을 들여 약을 조제하지도 않고 초콜릿 아이스크림 소다에도 손을 대려 하지 않는다. 이 그리스인은 그와 똑같은 이유로 잘 차려입었다. 자신의 인생에 대단한 일이 벌어졌던 것이다.

코라와 단둘이 있게 됐을 때는 저녁 시간이 다 되어서였다.

---

7) 암수가 사이좋기로 유명한 새.

그는 씻으러 올라갔고 우리 둘이 부엌에 남았다.

"내 생각 했어, 코라?"

"그럼. 그렇게 빨리 당신을 잊어버릴 수는 없어."

"난 당신 생각을 많이 했어. 어떻게 지냈어?"

"나? 괜찮았어."

"당신에게 두어 번 전화 걸었어. 그가 받았는데 그에게 말하기가 두려웠어. 돈도 좀 벌었어."

"그러니까, 저기, 잘 지낸다니 기뻐."

"벌었지만, 그런 다음 잃어버렸어. 우리가 시작하는 데 그 돈을 쓰면 되겠다고 생각했지만, 그다음 잃어버렸어."

"분명히 말하지만, 돈이 어디로 가는지는 모르지."

"내 생각 하는 게 확실해, 코라?"

"물론 그래."

"당신이 그런 식으로 행동하지 않아서 말이야."

"나는 제대로 행동하는 것 같은데."

"내게 키스해 주겠어?"

"금방 저녁 먹을 거야. 씻어야 한다면 준비하는 게 좋겠어."

그런 식이었다. 저녁 내내 그런 식이었다. 그리스인이 달콤한 와인을 꺼내 오고 노래를 여러 곡 불렀다. 우리는 둘러앉았는데, 그녀에게 있어서 난 그저 그곳에서 일하던 녀석에 지나지 않았고 이름도 제대로 기억나지 않는 아무개일 뿐이었다. 이건 평생 겪었던 귀향 중에서 최악의 실패작이었다.

잠자리에 들 때가 되자 나는 그들이 올라가도록 내버려 뒀다. 그러고 나서 밖에 나가 그곳에서 그녀와 다시 잘 지낼 수 있는지 알아볼지 아니면 떠나서 그녀를 잊어버리려고 노력할지 궁리했다. 나는 꽤 멀리까지 걸어갔다. 시간이 얼마나 지났는지 거리가 얼마나 멀어졌는지 알 수 없었지만, 잠시 후 집에서 말다툼 소리가 들렸다. 나는 되돌아갔다. 가까워지자 그들이 하는 말이 조금씩 들렸다. 그녀가 필사적으로 소리를 질렀는데 내가 떠나야 한다고 말하고 있었다. 그는 뭔가를 중얼거렸는데 아마도 내가 여기서 다시 일하길 원한다는 것이었으리라. 그녀의 입을 막으려고 그가 노력했지만, 그녀는 내게 들리게 일부러 언성을 높이고 있었다. 내가 방에 있었다면, 물론 그녀는 내가 방에 있다고 생각했을 텐데, 나는 아주 뚜렷하게 들을 수 있었을 것이며, 심지어 지금 있는 곳에서도 잘 들렸다.

그런데 불현듯 소리가 멈췄다. 부엌으로 살그머니 들어가 거기 서서 귀를 기울였다. 하지만 아무 소리도 들리지 않았다. 너무 긴장한 탓에 들리는 것이라곤 쿵쿵, 쿵쿵, 쿵쿵, 심장의 고동 소리뿐이었다. 심장이 우스꽝스런 소리를 낸다고 생각했다. 그런 다음 아주 갑자기 부엌에서 두 개의 심장이 뛰고 있다는 걸 알았다. 그것이 소리가 우스꽝스러웠던 이유다.

찰깍 불을 켰다.

빨간색 가운을 입은 아주 창백한 표정의 그녀가 손에 가늘고 긴 칼을 들고 나를 응시하며 거기 서 있었다. 내가 팔을 뻗어 그녀에게서 칼을 빼앗았다. 그녀는 거의 속삭이듯 말했는데 혀를 날름거리는 뱀 같은 소리가 났다.

"왜 돌아와야 했지?"

"그래야 했어, 그게 다야."

"아니, 그렇지 않아. 난 잘 해낼 수도 있었어. 잘해서 당신을 잊을 수 있었어. 그런데 이제 당신이 돌아와야 하다니. 망할, 당신이 돌아와야 하다니!"

"뭘 잘 해낸다는 거야?"

"저 스크랩북을 만드는 목표. '내 자식들에게 보여 주겠어.'라고 해! 이제 그가 아이를 원해. 당장 아이를 원한다고."

"그러니까 왜 나와 같이 가지 않았어?"

"뭘 위해서 당신과 같이 가? 화물차에서 자려고? 내가 왜 같이 가야 하지? 말해 봐."

나는 아무 말도 할 수 없었다. 내 250달러를 생각했지만, 어제 돈이 좀 있었는데 오늘 내기 당구를 하다 잃었다고 그녀에게 말한들 무슨 소용이 있겠는가?

"당신은 쓸모가 없어. 난 그걸 잘 알아. 당신은 아무 쓸모가 없어. 그러니 여기 다시 돌아오는 대신 나를 홀로 남겨 두고 떠나는 게 어때? 나를 그냥 내버려 두는 게 어때?"

"들어 봐. 그가 잠시 아이 문제에 빠져 있게 해 봐. 그를 그렇게 내버려 두면, 우리가 뭔가 궁리해 낼 수 있는지 알게 될 거야. 난 그리 쓸모가 없어. 하지만 당신을 사랑해, 코라. 맹세할게."

"맹세한다고? 그런데 당신은 뭘 할 거지? 그가 날 샌타바버라에 데리고 가면, 나는 아기를 갖겠다고 말할 것이고, 그리고 당신은, 당신은 우리를 따라 같이 가겠지. 당신은 우리와 같은 호텔에 머무르게 되겠지! 당신은 같이 차를 타고 따라가겠지.

당신은…….”

코라가 말을 멈췄다. 우리는 거기 서서 서로를 바라보았다. 차 안에 있는 우리 세 사람, 그게 의미하는 바가 무엇인지 우리는 알았다. 우리는 조금씩 더 가까워졌고, 마침내 서로의 몸이 닿았다.

“오, 맙소사, 프랭크, 그것 말고 우리에게 다른 방법은 없어?”

“글쎄. 당신은 지금 막 그에게 칼을 꽂으려 했군.”

“아니. 날 찌르려던 것이었어, 프랭크. 그가 아니야.”

“코라, 운명이야. 다른 모든 방법은 다 해 봤잖아.”

“난 개기름이 흐르는 그리스인 아이를 가질 수 없어, 프랭크. 그럴 수 없어, 그뿐이야. 내가 아이를 갖길 원하는 유일한 사람은 당신이야. 당신이 좀 쓸모가 있었으면 했어. 당신은 똑똑해. 하지만 당신은 쓸모가 없어.”

“난 쓸모가 없어. 하지만 당신을 사랑해.”

“그래, 나도 당신을 사랑해.”

“그를 그냥 내버려 둬. 단 하룻밤만이야.”

“알았어, 프랭크. 단 하룻밤만이야.”

7장

나이팅게일이 노래하고
하얀 달빛이 빛나는
내 꿈나라로 들어가는
길고 긴 굽잇길이 있다네.

그대와 함께 그 길고 긴 길을
내려가는 그날까지
내 꿈이 모두 실현될 때까지
길고 긴 기다림의 밤이 있다네.

"저분들 기분이 좋은가 봐요, 안 그래요?"
"너무 좋아해서 내겐 벅차네요."

"그러니까 저들이 운전대를 잡게 내버려 두지 말아요, 아가씨. 그럼 괜찮겠죠."

"그러길 바라요. 한 쌍의 주정뱅이와 상대 말아야 한다는 건 알죠. 하지만 어쩔 수 있나요? 같이 안 가겠다고 하니까 자기들끼리 떠나려고 했어요."

"목이 부러져 버렸겠죠."

"그럼요. 그래서 내가 운전했어요. '내' 할 일이 그것뿐이었으니까요."

"때론 어떻게 처신하는 게 좋은지 안다는 것 때문에 마음을 졸일 때가 있죠. 기름값은 1달러 60센트예요. 오일은 괜찮겠죠?"

"그럴 거예요."

"고마워요, 아가씨. 안녕."

그녀가 차에 올라 다시 운전대를 잡았고 나와 그리스인은 계속해서 노래를 불러 댔다. 우리는 가던 길을 계속 갔다. 이 모두가 각본이었다. 나는 취해야 했다. 왜냐하면 지난번 일로 인해 완벽한 살인을 해낼 수 있겠다는 생각이 없어졌기 때문이다. 이건 너무 형편없는 살인이어서 심지어 살인이라고 여겨지지도 않을 것이다. 그냥 대수롭지 않은 교통사고가 될 것이었다. 술 취한 사내들, 차 안에 있는 술과 그 밖의 일들로 미루어 볼 때 말이다. 물론 내가 부어 넣기 시작하자 그리스인도 안 마실 수 없었다. 그래서 그는 곧 내가 바라는 상태가 됐다. 기름을 넣으려고 멈춘 것은 운전자인 그녀는 멀쩡했으며, 우리와 함께 있고 싶어 하지 않았다는 걸 증명해 줄 목격자를 마련해 두기 위해서였다. 코라는 술에 취하면 안 될 것이었다. 그 전에 약간의 운도 있었다. 9시쯤 문을 닫기 직전 한 녀석이 요기하려고 들렀다가 도로 저쪽에서 출발하는 우리의 모습을 지켜봤다. 그는 모든 쇼를 다 보았다. 내가 시동을 걸려고 하다가 한두 번 엔진을 꺼트리는 모습을 그가 보았다. 내가 너무 취해서 운전할 수 없다며 코라와 내가 논쟁하는 소리를 들었다. 그녀가 내리는 걸 보았고 그녀가 가지 않겠다고 말하는 소리도 들었다. 내가 그리스인만 태우고 운전해 떠나려는 모습도 봤다. 그녀가 우리를 내리게 한 다음 자리를 바꾸게 하는 모습을 그가 봤다. 내가 뒷좌석에 그리스인이 앞좌석에 앉았다. 그런 다음 그녀가 운전대를 잡고 운전하는 모습도 그가 봤다. 그의 이름은 제프 파커이고 엔시노에서 토끼를 키우는 사람이었다. 코라는 식당에서 토끼 요리를 팔면 어떨까 한다면서 그의 명함을 얻었다. 언제든지 그가 필요해지면 바로 어디에서 그를 찾아야 하는지 알았다.

나와 그리스인은 「마더 마크리」, 「웃자, 웃자, 웃자」와 「낡은 물방앗간 개울에서」를 불렀다. 금세 '말리부 해변 방면'이라고 적힌 표지판 앞에 도착했다. 그녀는 그곳에서 샛길로 들어섰다. 코라는 당연히 가던 길로 계속 갔어야 했다. 거기에는 해변으로 가는 큰 도로가 두 개 있는데, 15킬로미터쯤 내륙에 있는 건 우리가 타고 있던 도로였다. 바로 바다를 끼고 이어지는 또 다른 도로는 우리의 왼쪽으로 나 있었다. 벤추라에서 이 두 도로가 만나 샌타바버라, 샌프란시스코까지, 그리고 가는 곳이 어디든지 바다를 따라 계속 이어진다. 하지만 우리 계획은 이랬다. 영화배우들이 사는 말리부 해변을 한 번도 본 적이 없는 그녀가 원해서 이 도로를 가로질러 바다에 간 다음 3킬로미터쯤 더 내려가 배우들의 집을 보고 차를 돌려 샌타바버라까지 계속 올라가는 것이었다. 진짜 속셈은 이 교차로가 로스앤젤레스 군에서 최악의 도로여서 교통사고가 나도 누구도, 심지어 경찰도 놀라지 않을 것이라는 데 있었다. 날이 어두웠다. 도로에는 차량의 왕래가 거의 없었고 건물도 별로 없어서 계획을 실천에 옮기기에 적합했다.

그리스인은 한동안 아무것도 눈치채지 못했다. 언덕 위 '말리부 호수'라고 불리는 작은 여름용 별장 지대를 지나쳤다. 클럽 회관에서 댄스 파티가 한창이었고 호수에는 쌍쌍이 카누를 타고 있었다. 내가 그들에게 소리쳤다. 그리스인도 따라 했다. "내게도 한 척 줘." 별다른 차이가 없었겠지만 누군가가 수고스럽게 우리 행적을 찾으려고 한다면 이것도 우리가 지나간 길에 남긴 또 하나의 흔적이 됐을 것이다.

산으로 들어가는 첫 번째 긴 오르막이 시작됐다. 5킬로미터 거리였다. 나는 미리 그녀에게 오르는 방법을 얘기해 두었다. 대부분의 경우 그녀는 기어를 2단에 놓았다. 15미터마다 급커브가 있었고 커브를 돌때 차의 속도가 너무 급격하게 떨어져서 계속 가려면 2단으로 올릴 수밖에 없기 때문이다. 하지만 한편으로는 모터가 열을 받아야 했다. 모든 게 점검돼야 했다. 변명거리가 많아야 했다.

그때 밖을 내다본 그리스인은 이곳이 너무나 어둡고 불빛도 집도 주유소도 보이지 않는 완전한 시골 촌구석 같은 산임을 알게 되자, 제정신이 들어 잔소리하기 시작했다.

"잠깐, 잠깐. 차 돌려. 맙소사, 길을 벗어났잖아."

"아니, 안 그래요. 어딘지 알아요. 말리부 해변 가는 길이에요. 기억 안 나요? 내가 해변을 보고 싶다고 얘기했잖아요."

"천천히 가."

"천천히 가고 있어요."

"아주 천천히 가라고. 모두 죽을지 몰라."

꼭대기에 도착했고 내리막이 시작됐다. 그녀가 시동을 껐다. 냉각팬이 멈추면 열이 빠르게 올라간다. 내리막을 다 내려와서 그녀가 다시 시동을 걸었다. 나는 온도계의 눈금을 봤다. 섭씨 93도였다. 다음 오르막에 접어들자 온도계의 눈금이 계속 올라갔다.

"그럼요, 그럼요."

이것이 우리의 신호였다. 아무 때나 쓰는 바보 같은 말이라 누구도 신경 쓰지 않을 것이다. 그녀가 차를 한쪽에 댔다. 우리 밑에 바닥이 보이지 않을 만큼 깊은 절벽이 있었다. 분명 150미터는 될 것이다.

"엔진을 조금 식혀야 될 것 같아요."

"맙소사, 제길. 프랭크, 좀 봐요. 뭐라고 써 있는지 봐요."

"뭐라고 써 있는데요?"

"96도. 일 분이면 끓겠어요."

"끓게 내버려 둬요."

난 두 발 사이에 두고 있던 렌치를 집어 들었다. 하지만 바로 그때 저 아래에서 오르막을 올라오는 자동차의 불빛이 보였다. 시간을 끌어야 했다. 차가 지나갈 때까지 잠시 시간을 끌어야 했다.

"어서요, 닉. 노래 한 곡 불러 봐요."

닉이 황량한 땅을 내다봤지만 노래 부를 기분은 아닌 것 같았다. 그가 문을 열고 내렸다. 그가 차 뒤에서 토하는 소리가 들려왔다. 그 차가 지나갈 때 그는 바로 거기 있었다. 머릿속에 새겨 놓기 위해 번호를 봤다. 그런 다음 내가 웃음을 터뜨렸다. 그녀가 뒤돌아서 날 봤다.

"괜찮아. 무언가 기억할 만한 걸 주자고. 그들이 지나갈 때 두 남자 모두 살아 있었다."

"번호 봤어?"

"2R-58-01."

"2R-58-01. 2R-58-01. 알았어. 나도 외웠어."

"좋았어."

그가 뒤에서 돌아나왔고 기분이 좋아 보였다.

"그거 들었어?"

"뭘 들어요?"

"자네가 웃었을 때. 메아리 울렸어. 멋진 메아리가."

닉이 대뜸 고음을 뱉어 냈다. 노래가 아니라 카루소 음반에 있는 것 같은 그냥 고음이었다. 그가 소리를 재빨리 멈추고 귀를 기울였다. 과연 소리가 이쪽으로 다시 돌아왔다. 확실하게 울리다가 뚝 멈췄다. 바로 그가 했던 것처럼.

"내 소리 같아?"

"바로 아저씨 같은데요. 아주 똑같아요."

"맙소사. 굉장해."

그는 고음을 뱉어 내고 되돌아오는 소리를 들으며 거기에 오 분 동안 서 있었다. 자기 목소리가 어떻게 들리는지 들어본 건 그때가 처음인 듯했다. 그는 거울에 비친 자기 얼굴을 본 고릴라처럼 기뻐했다. 그녀가 계속 나를 바라봤다. 우리는 서둘러야 했다. 내가 화난 듯 행동하기 시작했다. "뭐 하는 짓이에요? 밤새도록 요들송 불러 대는 걸 듣는 것 말고 우리에게 할 일이 아무것도 없다고 생각해요? 어서 타요. 갑시다."

"너무 늦었어요, 닉."

"알았어, 알았다고."

닉이 차에 탔다. 하지만 창밖으로 얼굴을 내밀고 또다시 소리를 질렀다. 난 두 다리로 힘껏 버티면서 그의 턱이 아직 창턱에 있을 때 렌치를 내려쳤다. 그의 머리가 깨졌고, 부서지는 게 느껴졌다. 그가 축 늘어졌고 소파 위의 고양이처럼 좌석에서 몸을 둥글게 오그렸다. 그가 조용해지는 데 일 년이 걸리는 것 같았다. 그때 코라가 침을 꿀떡 삼키더니 끝내 이상한 신음 소리를 냈다. 닉의 목소리가 메아리로 돌아왔기 때문이다. 아까 냈던 소리처럼 고음이었다. 커졌다가 멈췄고, 그리고 기다렸다.

8장

우리는 아무 말도 하지 않았다. 코라는 무엇을 해야 하는지 알고 있었다. 그녀가 뒷좌석으로 넘어왔고, 나는 앞으로 넘어갔다. 계기판 불빛으로 렌치를 살폈다. 렌치에 피 몇 방울이 튀어 있었다. 와인 병에서 코르크 마개를 뽑아 피가 사라질 때까지 렌치에 부었다. 어찌나 부어 댔던지 와인이 닉의 몸까지 흘러갔다. 그런 다음 젖지 않은 닉의 옷자락으로 렌치를 닦아 뒷자리의 코라에게 넘겨줬다. 코라는 렌치를 좌석 밑에 놓고는 렌치를 닦은 닉의 옷 부분에 와인을 더 끼얹었다. 문에다 대고 병을 깨서 그의 몸 위에 놓았다. 그런 다음 차를 출발시켰다. 깨진 병 틈으로 쿨렁쿨렁 와인이 조금씩 흘러나왔다.

조금 간 다음 기어를 2단으로 올렸다. 우리가 있었던 그곳에서 150미터 절벽 아래로 차를 전복시킬 수는 없었다. 우리가 나중에 그곳까지 내려가야 하는 것도 그렇고, 게다가 차가 그렇게 높은 절벽에서 추락했는데 어떻게 우리가 살아남을 수 있겠는가? 2단으로 천천히 몰아 골짜기가 삐죽하게 솟은 장소까지 올라갔는데, 겨우 15미터쯤 되는 벼랑이었다. 벼랑 끝까지 차를 몰고 가서 브레이크를 밟아 수동 조정 장치로 연료를 주입했다. 오른쪽 앞바퀴가 벼랑 끝을 벗어나는 순간 브레이크를 세게 밟았다. 차 엔진이 멈췄다. 그것이 내가 바라는 바였다. 엔진이 점화된 상태에서 차에 기어가 걸려 있어야 했다. 엔진이 꺼졌으니 나머지 일을 처리하는 동안 차는 움직이지 않을 것이었다.

우리는 밖으로 나왔다. 발자국이 남지 않도록 갓길이 아닌 도로에 발을 내디뎠다. 그녀가 내가 미리 놓아 둔 가로 5센티미터, 세로 10센티미터 크기의 나무토막과 돌을 내게 건넸다. 나는 뒤 차축 밑에 돌을 놓았다. 내가 꼭 맞는 것으로 미리 골라 둔 것이다. 차축과 돌 사이에 그 나무토막을 밀어 넣었다. 나는 나무토막을 눌러 차를 들어 올렸다. 차는 조금 기울었지만, 여전히 걸려 있었다. 다시 눌렀다. 차가 조금 더 기울었고, 땀이 나기 시작했다. 차 안에 죽은 사람이 있는데, 차를 굴려 떨어뜨리지 못한다면 어떻게 될까?

내가 다시 눌렀다. 이번엔 그녀가 옆에 있었다. 우리 둘이 눌렀다. 또다시 함께 눌렀다. 그때 갑자기 우리는 도로에 배를 깔고 엎어졌다. 차는 골짜기를 계속 굴러 내려갔는데 쿵쾅거리는 소리가 너무 커서 1킬로미터 밖에서도 들릴 지경이었다.

차가 멈췄다. 라이트가 여전히 켜져 있었지만 불이 나지는 않았다. 정말 위험했다. 저렇게 엔진이 과열된 상태인데 차에 불이 난다면, 우리도 불에 타야 하지 않겠는가? 나는 돌을 움켜쥐고 골짜기 아래로 던져 버렸다. 그리고 나무토막을 집어 들고 도로를 한참 달려 올라가, 바로 차도에 팽개쳐 버렸다. 조금도 걱정할 것이 없었다. 도로 어디에나 트럭에서 떨어진 나무토막이 나뒹굴고, 또 그 위로 지나가는 차 때문에 산산조각이 나는데, 이것도 그런 것들 중 하나였다. 온종일 밖에 놔 뒀기 때문에 그 위에 바퀴 자국이 생겼고 모서리도 온통 짓이겨져 있었다.

뛰어 돌아가 코라를 들쳐 안고 골짜기를 미끄러져 내려갔다. 내가 그런 이유는 발자국 때문이었다. 내 발자국, 그건 조금도 걱정되지 않았다. 금방 수많은 사람이 우루루 몰려 내려올 거라고 짐작했다. 하지만 그녀의 뾰족한 하이힐 자국은 제대로 된 방향을 가리키고 있어야만 했다. 누군가 애써 살펴볼 경우에 말이다.

코라를 내려놓았다. 차는 골짜기 중간쯤 되는 지점에 두 개의 바퀴로 걸려 있었다. 그는 여전히 차 안에 있었지만 이제 몸은 바닥에 있었다. 와인 병은 그와 좌석 사이에 끼여 있었고, 우리가 보는 동안에도 쿨렁거리며 흘러나왔다. 차 지붕은 전부 부서졌고 양쪽 범퍼가 찌그러졌다. 문을 열어 봤다. 그건 중요했는데, 그녀가 도움을 청하기 위해 도로 위로 올라가는 동안 나는 안에 들어가 유리로 몸에 상처를 내야 했기 때문이다. 문은 잘 열렸다.

나는 그녀의 블라우스 단추를 망가뜨리기 시작했다. 그래야 그녀의 모습이 엉망이 될 테니까. 그녀가 나를 바라보았다. 그녀의 눈이 푸른색이 아니라 검게 보였다. 그녀의 숨결이 빨라지는 걸 느낄 수 있었다. 그런 다음 숨소리가 멈췄고 내게 바싹 기대어 왔다.

"내 옷을 찢어! 찢어 버려!"

그녀의 옷을 찢었다. 그녀의 블라우스 속에 손을 쑤셔 넣고 확 잡아당겼다. 목에서 배까지 훤하게 드러났다.

"당신은 저걸 타고 넘어오다가 그렇게 된 거야. 문 손잡이에 옷이 걸렸던 거야."

내 목소리가 괴상하게 들렸다. 마치 양철 축음기에서 나오는 것 같았다.

"그리고 어쩌다 이 지경이 됐는지 당신은 아무것도 모르는 거야."

팔을 뒤로 빼서 될 수 있는 한 세게 코라의 눈을 때렸다. 그녀가 주저앉았다. 그녀가 바로 내 발밑에 있었다. 그녀의 눈이 반짝였고, 떨고 있던 그녀의 가슴은 바싹 추켜올려져 나를 향하고 있었다. 그녀가 저기 아래에 있었다. 나는 마치 짐승인 양 목구멍 뒤에서 거친 숨소리를 냈다. 혀는 입 안에서 온통 말려 올라갔고 그 안에서 피가 쿵쾅거렸다.

"그래! 그래, 프랭크, 그래!"

다음에 내가 아는 건, 그녀와 함께 저 바닥에 있었고, 서로의 눈을 바라보았고, 서로를 품에 꼭 끌어안았고, 더 가까이 가려고 잡아당겼다는 것이다. 그때 내게 지옥문이 열렸을 수도 있었겠지만, 상관없는 일이었을 것이다. 그로 인해 교수형을 당한다 해도 나는 그녀를 가져야만 했다.

나는 그녀를 가졌다.

9장

마약에 취한 것처럼 잠시 거기에 누워 있었다. 너무 고요해서 들리는 건 차 안에서 나는 쿨렁거리는 소리가 전부였다.

"이제 어쩌지, 프랭크?"

"앞으로 힘든 길이야, 코라. 당신 지금부터 잘해야 돼. 해낼 수 있다고 확신해?"

"이 일 이후론 뭐든 해낼 수 있어."

"그들은 당신을 몰아세울 거야, 경찰들 말이야. 자백하게 만들려고 할 거야. 당신, 준비됐어?"

"그런 것 같아."

"아마 당신에게 뭔가 윽박지를 거야. 우리에겐 증인들이 있으니까 그럴 수 있다고 생각하진 않아. 하지만 어쩌면 그럴지도 몰라. 아마 과실 치사 혐의로 당신을 몰아갈 거야. 그러면 당신은 감옥에서 일 년을 보내겠지. 운 나쁘면 아마 그 정도겠지. 견뎌 낼 수 있다고 생각해?"

"내가 나오면 당신이 나를 기다리고 있겠지."

"기다릴 거야."

"그러면 난 할 수 있어."

"난 신경 쓰지 마. 난 취한 사람이야. 경찰이 테스트하면 그렇게 나올 거야. 정신 나간 소리를 지껄일 거야. 그건 경찰을 헷갈리게 할 거야. 그런 다음 술에서 깨서 내 나름대로 얘기하면 믿어 줄 거야."

"기억해 둘게."

"그리고 당신은 내게 무지 화났어. 취한 것 때문에. 이 모든 사태의 원인이 된 것 때문에 말이야."

"응, 알았어."

"그럼 다 정해졌네."

"프랭크."

"응?"

"하나만 남았어. 우리가 사랑하고 있어야 해. 서로 사랑한다면, 그러면 아무것도 문제 안 돼."

"글쎄, 그런가?"

"내가 먼저 말할게. 사랑해, 프랭크."

"사랑해, 코라."

"키스해 줘."

나는 그녀에게 키스했고 그녀를 꼭 끌어안았다. 그때 골짜기를 가로지르는 언덕 위에서 라이트가 깜빡이는 게 보였다.

"이제 도로 위로 올라가. 당신은 잘 해낼 거야."

"잘 해낼 거야."

"그냥 도와 달라고 부탁해. 그가 죽었는지 살았는지 당신은 아직 몰라."

"알고 있어."

"차문 밖으로 나간 뒤 당신이 넘어졌어. 그래서 당신 옷에 모래가 묻은 것이고."

"그래. 안녕."

"안녕."

코라가 도로로 올라가기 시작했고, 나는 차 속으로 뛰어들었다. 그런데 갑자기 모자가 없어진 걸 알아차렸다. 나는 차 안에 있어야만 했고 모자가 내게 있어야만 했다. 모자를 찾아 주변을 더듬기 시작했다. 차가 점점 더 가까이 오고 있었다. 차는 겨우 두세 개 커브 길 너머에 있었다. 내겐 아직도 모자가 없었고 상처 자국도 없었다. 나는 포기하고 차로 향했다. 그러다가 넘어졌다. 차에 발이 걸린 것이다. 차를 움켜잡고 안으로 뛰어들었다. 내 체중이 실리자마자 차가 주저앉았다. 그리고 차가 나를 덮치는 걸 느꼈다. 그것이 내가 기억하는 마지막 상황이었다.

나는 땅바닥에 있었다. 주변에서 수많은 고함 소리와 얘기 소리가 오갔다. 왼팔에 쿡쿡 쑤시는 통증이 너무 심해서 통증이 느껴질 때마다 소리를 질렀다. 등도 마찬가지였다. 울부짖는 소리가 머릿속에서 커졌다가 다시 사라지곤 했다. 그럴 때면 땅이 꺼져 버리는 것 같았고 마신 술이 올라올 것 같았다. 정신이 오락가락했지만 뒹굴며 발버둥 칠 정도의 의식은 있었다. 옷에도 모래가 묻어 있었는데 그 이유가 있어야 했기 때문이다.

다음에 삐걱이는 소리가 귀에 들렸고 나는 구급차 안에 있었다. 주 경찰이 내 발치에 있었고, 의사가 내 팔을 치료하고 있었다. 그걸 보자마자 다시 정신을 잃었다. 피가 흘러내렸는데 손목과 팔꿈치 사이가 부러진 나뭇가지처럼 구부러져 있었다. 팔이 부러진 것이다. 다시 정신을 차렸을 때도 의사가 여전히 팔을 치료하고 있었다. 나는 등도 다쳤을 거라고 걱정했다. 발을 흔들면서 몸에 마비가 왔는지 알아보려고 발치를 바라봤다. 발이 움직였다.

삐걱이는 소리 때문에 계속 정신이 들었다. 주위를 둘러보니 그리스인이 보였다. 그는 다른 침상에 있었다.

"여봐, 닉."

아무도 말이 없었다. 주위를 좀 더 둘러보았지만 코라는 보이지 않았다.

잠시 후 사람들이 차를 멈추고 그리스인을 들어 내렸다. 나를 들어 내리기를 기다렸지만 그렇게 하지 않았다. 그때 그가 정말로 죽었다는 걸 알았다. 이번에는 고양이에 관한 이야기를 그에게 납득시키면서 정신 나간 소리를 하는 일 따위는 없을 것이었다. 우리 둘 다 데리고 나갔다면 병원일 것이었다. 하지만 그만 데리고 나간 걸 보니 그곳은 시체 임시 안치소였다.

그런 다음 계속 갔다. 차가 멈추고 사람들이 나를 들어 내렸다. 그들은 나를 안으로 데려가서 바퀴 달린 테이블에 들것째 올려놓더니 하얀색 방으로 밀고 들어갔다. 그런 다음 팔을 수술할 준비를 했다. 수술을 위해 마취용 가스를 주입하려고 기계를 밀고 왔지만 곧 논쟁이 벌어졌다. 자신을 교도소 의사라고 말하는 다른 의사 때문에 병원 의사들은 아주 화가 났다. 무슨 일인지 알았다. 음주 측정 테스트였다. 가스를 먼저 주입하면 가장 중요한 호흡 테스트의 표시 공이 올라갈 것이었다. 결국 교도소 의사의 주장대로 나는 유리관 속에 숨을 불어 넣었는데 물처럼 생긴 물체가 노란색으로 변했다. 그런 다음 채혈을 하고 깔때기를 통해 병에 부어 둔 다른 샘플들을 갖고 갔다. 그러고 나서 가스를 주입했다.

다시 정신이 들기 시작할 때 나는 방 침대에 있었다. 머리는 온통 붕대로 감겨 있었고 바로 옆에 있는 팔도 삼각건으로 감겨 있었다. 등에 온통 반창고가 붙어 있어서 거의 움직일 수 없었다. 주 경찰이 조간신문을 읽고 있었다. 머리가 끔찍하게 아팠고, 등도 팔도 쿡쿡 쑤셨다. 잠시 후 간호사가 들어와 알약을 줬다. 나는 잠이 들었다.

잠에서 깨어났을 때는 정오쯤이었다. 누군가 먹을 것을 갖다줬다. 그 후에 경찰 둘이 더 들어와 나를 다시 들것에 올려놓고 데리고 나가더니 다른 구급차에 실었다.

"어디로 가요?"

"검시하러요."

"검시? 그건 누군가 죽었을 때 하는 거죠, 안 그래요?"

"맞아요."

"그들이 죽었나 보네요."

"한 사람만이죠."

"누구죠?"

"남자요."

"아. 여자는 심하게 다쳤어요?"

"심하진 않아요."

"난 아주 심해 보이죠, 안 그래요?"

"이봐, 친구, 조심해. 얘기하고 싶다면 우리는 괜찮지만, 법정에 갔을 때 당신이 말한 내용에 책임져야 할 수도 있어."

"맞아요. 고마워요."

차가 멈췄고 할리우드에 있는 어느 장의사 앞이었다. 그들이 나를 안으로 옮겼다. 코라가 거기 있었는데 몹시 지쳐 보였다. 경찰 여간수가 빌려 준 블라우스를 걸쳤는데 건초를 쑤셔 넣은 것처럼 배 주변이 불룩 나왔다. 정장과 신발은 먼지투성이었고 내가 때린 눈 부분이 온통 부풀어 올라 있었다. 그녀는 여간수와 함께 있었다. 검시관이 탁자 뒤에 있었고 바로 옆에 비서인 듯한 녀석이 있었다. 한쪽에는 아주 화난 듯 행동하는 여섯 명의 남자가 있었고 경찰이 서서 그들을 지켰다. 배심원들이었다. 다른 사람들도 많이 있었는데 원래 서 있어야 하는 자리로 경찰이 밀어냈다. 장의사는 발끝으로 주위를 돌아다녔고 이따금씩 누군가의 밑에 의자를 밀어 넣곤 했다. 그가 코라와 여간수를 위해 의자 두 개를 갖고 왔다. 한쪽 탁자 위, 시트 밑에 뭔가가 있었다.

곧 그들이 원하는 대로 나를 탁자 위에 고정시켰다. 검시관이 연필로 톡톡 두드렸고, 검시가 시작됐다. 우선 법적 신원 확인이 있었다. 시트가 들어 올려졌을 때 그녀가 울기 시작했고 나도 썩 유쾌하지는 않았다. 그녀가 본 뒤 내가 봤고 배심원이 봤고 시트가 다시 내려졌다.

"이 남자를 아십니까?"

"내 남편이었어요."

"이름은?"

"닉 파파다키스예요."

다음에 증인들이 왔다. 경사는 어떻게 전화를 받았고, 전화로 구급차를 부른 뒤 두 명의 경관과 그곳에 올라가 어떻게 자신의 차에 코라를 태우고 구급차에 나와 그리스인을 태워 보냈는지, 어떻게 오던 길에 그리스인이 죽었고 시체 임시 안치소에 들러서 내려놨는지 얘기했다. 다음에 라이트란 이름의 촌뜨기가 커브 길을 돌아오다가 여자의 비명을 듣고 충돌 소리를 들었으며, 라이트가 켜진 상태로 차가 골짜기를 굴러 내려가는 모습을 봤다고 말했다. 그는 도로에서 코라가 그에게 손을 흔들며 도움을 청하는 모습을 봤고, 그녀와 함께 차로 내려가 나와 그리스인을 끄집어내려고 했다. 우리가 차 밑에 깔려 있었기 때문에 그는 어쩔 도리가 없었다. 그래서 그와 함께 차에 타고 있던 동생을 보내 도움을 청했다. 잠시 후 더 많은 사람들이 왔고 경찰들이 왔다. 경찰들이 현장을 맡아 우리를 차에서 꺼내 구급차에 실었다. 그런 다음 라이트의 동생이 경찰을 부르려고 돌아갔다는 것 말고는 똑같은 걸 얘기했다.

그러자 교도소 의사가 내가 얼마나 취했는지, 위 검사로 그리스인이 취했다는 걸 어떻게 밝혀냈는지 말했다. 하지만 코라는 취하지 않았다고 얘기했다. 그런 다음 어떤 뼈가 부러져서 그리스인이 죽게 됐는지 얘기했다. 그러고 나서 검시관이 내게로 고개를 돌려 증언하고 싶은지 물었다.

"네, 검시관님. 그러겠습니다."

"당신이 하는 진술은 법정에서 불리하게 작용될 수 있으며, 원하지 않는다면 자신에게 불리한 진술을 강요당하지 않는다는 점을 당신에게 경고하는 바입니다."

"내겐 숨길 게 없습니다."

"그럼, 좋아요. 이번 일에 대해 알고 있는 게 뭡니까?"

"내가 아는 건 처음에 내가 계속 가고 있었다는 것뿐입니다. 그런 다음 차가 내 밑에서 주저앉는 걸 느꼈고 무언가 나를 내리쳤는데, 그게 병원에서 정신이 들 때까지 내가 기억할 수 있는 전부입니다."

"'당신'이 계속 가고 있었다고요?"

"그렇습니다."

"당신이 차를 운전하고 있었다는 뜻입니까?"

"그렇습니다. 내가 운전하고 있었죠."

그건 정말로 중요한 대목에 접어들게 되면 나중에 번복할 작정이었던 그저 정신 나간 얘기일 뿐이었다. 이 검시는 중요하지 않았다. 처음에 쓸데없는 얘기를 하다가 태도를 바꿔 다른 얘기를 하면 두 번째 얘기가 정말로 진짜 같아 보일 거라고 짐작했다. 바로 처음부터 딱 들어맞는 얘기를 한다면 그렇게, 다시 말해 딱 들어맞도록 만든 것처럼 보일 것이었다. 처음과는 다르게 하고 있었다. 바로 시작부터 나 자신을 나쁘게 보일 작정이었다. 하지만 운전하고 있지 않았다면, 내가 얼마나 나쁘게 보이든지 별 차이가 없으니 내게 어떤 짓도 할 수 없을 것이었다. 내가 두려워했던 건 우리가 지난번에 저지르려 했던 완벽한 살인 사건이었다. 사소한 한 가지만으로도 우리는 실패했다. 하지만 여기서 내가 나쁘게 보인다 해도 여러 증거가 있을 테니 더 나빠 보일 수는 없을 것이었다. 술에 취한 것 때문에 내가 더 나빠 보일수록 전체적으로 내가 덜 살인자가 같아 보일 것이었다.

경찰이 서로를 바라봤고 검시관은 내가 미쳤다고 생각하는 듯 나를 살폈다. 어떻게 뒷좌석 밑에서 나를 끄집어냈는지를 비롯해 그들은 이미 모든 걸 다 들은 상태였다.

"확신해요? 당신이 운전하고 있었다는 걸?"

"절대적으로 확신합니다."

"술을 마시고 있었죠?"

"아닙니다."

"검사 결과를 들었습니까?"

"검사에 관해서는 아무것도 모릅니다. 내가 아는 바로는 내가 술을 한 모금도 하지 않았다는 게 전부입니다."

그는 코라에게로 고개를 돌렸다. 그녀는 자기가 할 수 있는 말은 다 얘기하겠다고 말했다.

"누가 이 차를 운전하고 있었습니까?"

"제가요."

"이 남자는 어디에 있었습니까?'

"뒷좌석에요."

"그는 술을 마시고 있었습니까?"

그녀는 고개를 돌리는 듯하더니 침을 꿀꺽 삼키고 조금 울먹였다. "그걸 꼭 대답해야 하나요?"

"원하지 않는다면 어떤 질문이든 대답할 필요가 없습니다."

"대답하고 싶지 않아요."

"그럼, 좋습니다. 무슨 일이 벌어졌는지 얘기해 보세요."

"저는 계속 운전하고 있었습니다. 긴 오르막이 있었고 차가 뜨거워졌어요. 차를 식히기 위해서 멈추는 게 좋겠다고 남편이 말했습니다."

"얼마나 뜨거웠습니까?"

"93도가 넘었습니다."

"계속하세요."

"그래서 내리막이 시작된 후 시동을 껐습니다. 바닥에 도착했을 때도 여전히 뜨거웠습니다. 그래서 다시 오르기 시작하기 전에 멈췄어요. 거기에 아마 십 분쯤 있었습니다. 그런 다음 다시 올라가기 시작했어요. 그리고 무슨 일이 벌어졌는지 모르겠어요. 기어를 높여도 힘이 부족했습니다. 재빨리 2단 기어를 넣었습니다. 남자들이 얘기하고 있었고, 너무 빨리 기어 변속을 해서인지 어쨌든 차의 한쪽이 내려가는 걸 느꼈습니다. 나는 남자들에게 뛰어내리라고 소리쳤지만 너무 늦었어요. 차가 굴러가는 걸 느꼈습니다. 그리고 다음에 내가 밖으로 나가려고 애쓰고 있다는 걸 느꼈죠. 그런 다음 내가 밖에 나와 있었고, 도로 위로 올라갔습니다."

검시관이 다시 내게로 고개를 돌렸다. "당신은 무슨 짓을 하려는 것이지요? 이 여인을 보호하려는 것입니까?"

"그녀가 나를 보호하려는 것 같지 않은데요."

배심원단이 밖으로 나갔다. 그러고는 다시 들어와 평결을 내렸다. 전적으로 또는 부분적으로 나와 코라가 관여한 범죄적 행위에 기인하는 말리부 호수 도로에서의 자동차 사고로 닉 파파다키스라는 자가 사망에 이르렀으므로 우리를 대배심원 소송에 부쳐야 한다고 권고했다.

그날 밤 병원에서 다른 경찰이 나와 함께 있었고 다음 날 아침 새킷 씨가 나를 보러 올 테니 준비하는 편이 좋을 거라고 말했다. 나는 아직 거의 움직일 수 없었지만 병원 이발사를 불러 면도를 했고 가능한 한 선량하게 보이도록 준비했다. 새킷이 누군지 알고 있었다. 그는 지방 검사였다. 10시 반쯤 그가 나타났다. 경찰이 나갔고, 병실에는 그와 나 말고는 아무도 없었다. 그는 대머리에 덩치가 컸고 태도가 시원시원했다.

"자, 자, 자. 기분이 어떠쇼?"

"괜찮은 것 같아요, 검사님. 조금 놀라긴 했지만 괜찮아질 거예요."

"비행기에서 떨어졌을 때 어떤 녀석이 말했던 것처럼, 신나는 탑승이었지만 다소 심하게 처박혔던 거죠."

"바로 그거예요."

"자, 체임버스, 원하지 않는다면 내게 얘기할 필요는 없어요. 하지만 내가 여기 온 것은, 한편으로는 당신이 어떤 모습인지 보려는 것이고, 한편으로는 솔직한 얘기가 나중에 많은 수고를 덜어 주고 때로는 적절한 진술이 소송 사건 전체를 처리할 길을 열어 준다는 나의 경험 때문이죠. 어쨌든 어떤 녀석이 말한 것처럼 대화가 끝났을 때 우리는 서로를 이해하게 되겠죠."

"그럼요, 틀림없죠, 검사님. 알고 싶으신 게 뭐죠?"

나는 아주 의뭉스럽게 들리도록 말했고, 그는 자리에 앉아 나를 건너보았다. "처음부터 시작한다고 생각해 보죠."

"이번 여행에 관해서요?"

"바로 그거예요. 그에 관해 전부 듣고 싶소."

그가 일어나 주위를 돌아다니기 시작했다. 침대 바로 옆에 문이 있었는데 내가 갑자기 그 문을 열었다. 경찰은 복도 중간쯤에서 간호사와 지껄이고 있었다. 새킷이 폭소를 터뜨렸다. "아니, 이런 일에 녹음기는 사용 안 해요. 어쨌든 그런 건 안 써요. 영화에서나 그렇지."

얼굴 전체에 멋쩍은 웃음을 지어 보였다. 내가 원했던 대로 그가 생각하도록 만들었다. 그가 나보다 한 수 위라고 여겨지도록 그에게 얼간이 같은 술수를 썼다. "그래요, 검사님. 그런 건 아주 멍청한 것 같네요. 좋아요, 처음부터 시작해서 다 얘기하죠. 창피한 건 맞지만 거짓말 하는 게 도움이 되지 않을 거 같네요."

"그게 바른 자세예요, 체임버스."

어떻게 그리스인에게서 떠났는지, 어떻게 어느 날 길거리에서 그와 우연히 부딪쳤는지, 그는 내가 돌아오기를 원했고, 그 얘기를 제대로 하자며 함께 이번 샌타바버라 여행을 가자고 했다고 말했다. 또 어떻게 우리가 와인을 부어 넣었는지, 어떻게 내가 운전대를 잡고 출발했는지 말했다. 그때 그가 내 말을 막았다.

"그래서 당신이 차를 운전하고 '있었어'요?"

"검사님, '당신'이 '내'게 그렇게 얘기해 준다면요."

"무슨 뜻이죠, 체임버스?"

"검시 때 그녀가 했던 말을 들었다는 뜻이죠. 경찰들이 했던 말도 들었어요. 그들이 나를 어디서 발견했는지 알아요. 그래서 누가 운전했는지 알고요. 그녀가 했죠. 하지만 내가 기억하는 대로라면, 내가 운전하고 있었다고 말해야 돼요. 난 검시관에게 아무 거짓말도 하지 않았어요, 검사님. '아직도 내가 운전하고 있었던 것 같아요.'"

"술 취한 거에 대해 거짓말했잖소."

"맞아요. 술, 마취제, 진정제에 아주 취했습니다. 내가 거짓말했던 건 맞아요. 하지만 이젠 말짱해요. 그리고 무엇보다도 진실만이 나를 여기서 빠져나가게 해 줄 수 있다는 걸 알 만큼 정신 차렸지요. 물론 난 취했어요. 만취였죠. 생각할 수 있었던 건 내가 취했다는 걸 알게 하면 안 된다는 것뿐이었어요. 왜냐하면 내가 차를 운전하고 있었으니까요. 내가 취했다는 걸 알아낸다면 난 망한 거니까요."

"그게 배심원에게 할 얘기요?"

"그래야겠지요, 검사님. 하지만 내가 이해할 수 없는 건 어떻게 그녀가 운전하게 됐느냐는 겁니다. 내가 차를 출발시켰죠. 그건 알아요. 심지어 어떤 녀석이 거기에 서서 날보고 비웃던 것조차 기억나는데요. 그런데 어떻게 차가 뒤집힐 때 그녀가 운전하고 있었던 거죠?"

"당신은 2미터 정도 운전했어요."

"2킬로미터를 뜻하시는 거죠?"

"2킬로미터를 뜻하는 거요. 그런 다음 그녀가 당신에게서 운전대를 빼앗았죠."

"제길, 내가 '확실히' 정신없었네."

"글쎄, 그건 배심원이 믿을 거요. 대개 진실인 건 그저 그렇게 정신 나간 듯한 모습을 하고 있어요. 그래요, 그걸 믿어 주겠네요."

그가 자신의 손톱을 내려다보며 앉아 있고, 나는 미소가 얼굴에 퍼지지 않도록 하느라 힘들었다. 그가 내게 더 많은 질문을 하자 기뻤다. 그래서 그를 속이는 게 얼마나 쉬운가 하는 생각에서 벗어나 마음속으로 뭔가 다른 걸 생각할 수 있었다.

"언제 파파다키스 밑에서 일하기 시작했죠, 체임버스?"

"작년 겨울부터요."

"얼마 동안 머물렀어요?"

"한 달 전까지요. 아마 육 주 전까지겠네요."

"그럼, 그 사람 밑에서 육 개월 동안 일했네요."

"아마 그 정도일 거예요."

"그 전에는 뭘 했어요?'

"아, 여기저기 떠돌아다녔죠."

"히치하이크 하고? 화물열차를 타고? 아무 데서나 되는대로 끼니를 때우고?"

"그렇습니다."

그가 서류 가방을 열어 서류를 테이블에 올려놓고 검토하기 시작했다. "샌프란시스코에 간 적 있어요?"

"거기서 태어났어요."

"캔자스시티에는? 뉴욕은? 뉴올리언스는? 시카고는?"

"모두 다 가 봤습니다."

"교도소에 갔던 적 있어요?"

"그래요, 검사님. 여기저기 떠돌아다니다 보면 이따금씩 경찰과 마찰을 일으키게 되죠. 그렇습니다. 교도소에 갔던 적 있어요."

"턱슨 교도소에 갔던 적 있어요?"

"그렇습니다. 거기서 열흘쯤 먹었어요. 철도 사유지 불법침입죄 때문이죠."

"솔트레이크시티는? 샌디에이고는? 위치토는?"

"그렇습니다. 그 모든 곳이요."

"오클랜드는?"

"거기서 석 달 먹었어요, 검사님. 철로 감시원과 한판 했거든요."

"아주 심하게 패 버렸죠, 안 그래요?"

"글쎄, 그가 아주 심하게 두들겨 맞았다고들 하지만 내 꼴도 보셨어야 해요. 나도 아주 심하게 두들겨 맞았어요."

"로스앤젤레스에서는?"

"한 번요. 하지만 겨우 사흘뿐이었어요."

"체임버스, 그럼 어떻게 파파다키스 밑에서 일하게 된 거죠?"

"그저 우연한 사건이죠. 난 빈털터리였고 그는 일손이 필요했어요. 뭔가 요기하려고 불쑥 들어갔는데 그가 내게 일자리를 제시했고 내가 받아들였죠."

"체임버스, 그게 우습다는 생각 안 들어요?"

"무슨 뜻인지 모르겠는데요, 검사님?"

"그 오랜 세월 동안 여기저기 떠돌아다닌 뒤였는데, 결코 어떤 일도 하지 않고 심지어 어떤 일을 하려고 시도한 적도 없었는데, 갑자기 정착하더니 일하러 다녔고 계속 일자리를 유지했잖아요?"

"그걸 아주 좋아하지는 않았어요. 그건 인정할게요."

"하지만 눌어붙어 있었죠."

"닉은 내가 알던 사람 중에 가장 좋은 사람이었어요. 돈이 좀 생긴 뒤에 그만두겠다고 얘기하려 했지만, 일꾼 때문에 그가 고생이 많았던 걸 알기 때문에 그럴 수가 없었어요. 그다음 그에게 사고가 났고 그가 그곳에 없을 때 난 날라 버렸죠. 그냥 날라 버렸을 뿐이에요. 그에게 더 잘 대해 줬어야 한다고 생각하지만, 난 방랑벽이 있어요, 검사님. 다리가 가자고 하면 가야만 해요. 그저 조용히 나가 버리는 방법을 택한 거죠."

"그리고 그런 다음 당신이 돌아온 다음 날, 그가 살해됐소."

"나를 언짢게 만드시네요, 검사님. 아마 내가 배심원에게 다르게 말했기 때문이겠지만, 지금 그게 제기랄, 내 잘못이란 걸 느낀다고 말씀드리는 거라고요. 내가 거기에 없었더라면, 그날 오후 마시자고 그를 부추기지 않았더라면, 아마 그는 지금 살아 있겠죠. 이해하시겠어요? 아마 그게 전혀 관계가 없을지도 모르죠. 잘 모르겠어요. 난 너무 취했고 그래서 무슨 일이 벌어졌는지 몰라요. 마찬가지로 차에 취한 두 사람이 없었다면, 아마 그녀가 운전을 더 잘했겠죠, 안 그래요? 어쨌든 난 그렇게 생각합니다."

그가 어떻게 받아들이는지를 지켜보았다. 그는 나를 보지도 않았다. 그러더니 갑자기 벌떡 일어나 침대로 와 내 어깨를 붙들었다. "불어, 체임버스. 왜 육 개월 동안 파파다키스에게 붙어 있었지?"

"검사님, 무슨 말씀인지 모르겠어요."

"아니, 당신은 알아. 내가 그녀를 봤지, 체임버스. 당신이 왜 그런 짓을 했는지 짐작할 수 있어. 그녀가 어제 내 사무실에 왔소. 눈은 멍들었고 아주 엉망이 됐더군. 그랬어도 아주 예쁘더군. 그런 여잘 위해서라면 방랑벽이 있든 없든 간에 많은 녀석들이 길에다 작별 인사를 했겠지."

"어쨌든 그들은 떠돌아다녀요. 아니에요, 검사님, 당신이 틀렸어요."

"오랫동안 떠돌아다니지는 않아. 너무 좋은 기회거든, 체임버스. 어제 자동차 사고는 한눈에 알 수 있는 과실치사 사건이었고, 오늘 그저 아무것도 아닌 것으로 증발해 버렸어. 내가 건드려 보는 곳마다 증인이 톡 튀어나와 뭔가를 내게 말해 주고 있어. 그들이 얘기해야 하는 것을 다 맞춰 보니 아무 사건도 아닌 게 됐어. 자, 체임버스. 당신과 저 여자가 그리스인을 살해했지? 빨리 자백할수록 당신에게 더 이로울 거야."

분명히 말하건대, 그때 내 얼굴에는 더 이상 웃음기가 사라지고 없었다. 입술이 경직되는 걸 느꼈고 말하려고 노력했지만 아무 말도 입 밖으로 나오지 않았다.

"자, 왜 아무 말도 못 하지?"

"나를 몰아세우시네요. 뭔가 아주 나쁜 쪽으로 날 몰아세우고 있어요. 뭐라고 말해야 할지 모르겠어요, 검사님."

"이런 상황에서 당신을 빠져나가게 해 주는 건 진실뿐이라며, 몇 분 전에는 상당히 수다스럽더니 왜 지금 와서는 말할 수 없다는 거야?"

"당신 때문에 아주 혼란스러워요."

"좋아. 당신이 혼란스럽지 않도록 한 번에 한 가지씩 합시다. 우선 저 여자와 잤지, 안 그래?"

"그렇지 않았어요."

"파파다키스가 병원에 있었던 그 주는 어때? 그땐 어디서 잤어?"

"내 방에서요."

"그리고 그 여자는 자기 방에서 자고? 여봐, 말했다시피, 내가 그녀를 봤어. 내가 거기에 있었다면 문을 발로 차고 들어가 강간죄로 교수형에 처해졌을 거야. 당신도 그렇게 했겠지. 그래서 당신이 '그랬지.'"

"그런 생각도 결코 해 본 적이 없어요."

"글렌데일의 해슬먼 시장에 그녀와 함께 갔던 건 어땠어? 돌아오는 길에 그녀와 무슨 짓을 했지?"

"닉이 나더러 가라고 얘기했어요."

"누가 가라고 얘기했는지 묻지 않았어. 무슨 짓을 했는지 물었다고."

너무 정신이 없어서 무슨 짓이든 빨리 해야 했다. 생각해 낼 수 있는 건 화를 내는 게 전부였다. "맞아요. 우리가 그랬다고 칩시다. 우리는 안 했어요. 하지만 우리가 그랬다고 말씀하시니까, 그런 식으로 내버려 둡시다. 글쎄, 그녀를 얻는 게 그렇게 쉽다면 우리가 무엇 때문에 그를 죽이려고 했겠어요? 하느님 맙소사, 검사님, 얻기 위해 살인을 저지르는 녀석들 얘기는 들었어도, 이미 가졌는데 그걸 위해 살인을 저지른다는 녀석 얘기는 결코 들은 적이 없는데요."

"없어? 그럼, 당신이 무엇 때문에 그를 죽이려고 했는지 얘기해 드리지. 첫째, 파파다키스가 즉석에서 현찰로 1만 4000달러를 지불하고 구입한 부동산이 있죠. 당신과 그녀는 작은 크리스마스 선물인 셈 치고 함께 유람선에 올라타 거친 파도가 어떤 모습인지 보게 되겠지. '파파다키스가 자신의 생명에 들어둔 1만 달러짜리 보험증권으로 말이야.'"

여전히 그의 얼굴이 보였지만 주변이 온통 어두워졌다. 나는 침대에서 졸도해 버리지 않으려고 노력했다. 얼마 뒤, 그가 내 입에 물잔을 대 주고 있었다. "물 마셔요. 기분이 좋아질 거요."

물을 조금 마셨다. 그래야만 했다.

"체임버스, 이번 일이 당분간 당신이 손을 대는 마지막 살인일 거라고 생각하지만, 만약 다음에 또 다른 살인을 시도한다면, 제발 보험 회사는 개입시키지 마. 그들은 로스앤젤레스 군이 사건 수사에 쓰도록 내게 허락한 경비보다 다섯 배나 많은 비용을 쓰지. 내가 고용할 수 있는 사람보다 다섯 배나 유능한 탐정을 보유하고 있어. 그들은 자신의 업무를 속속들이 알고 지금 당신 바로 뒤에 와 있어. 이건 그들에게 돈을 의미하는 것이니까. 이게 바로 당신과 그녀가 저지른 큰 실수야."

"검사님, 목숨을 걸고 말씀드리지만, 바로 이 순간까지 보험 증권에 대해서는 결코 들어 본 적이 없습니다."

"얼굴이 백지장처럼 창백해졌군."

"당신이라면 안 그러겠어요?"

"글쎄, 처음부터 나를 당신 편으로 만드는 게 어떻겠어? 전부 자백하고, 빨리 유죄를 시인하는 게 좋지 않겠어? 그러면 법정에서 당신을 위해 내가 할 수 있는 모든 조치를 취해 주지. 당신 둘 모두를 위해 선처를 부탁한다면 말이야."

"아무 짓도 안 했어요."

"방금 내게 얘기했던 모든 건 어떻게 하고? 진실에 관해서, 그리고 어떻게 해야 당신이 배심원에게 결백을 인정받게 되는가, 이 모든 것 말이야. 지금 거짓말로 빠져나갈 수 있다고 생각해? 내가 그걸 인정하리라고 생각해?"

"당신이 무슨 입장인지 난 모르죠. 집어치워요. 당신은 당신 입장을, 난 내 입장을 말하겠죠. 난 그런 짓 안 했어요. 그게 내가 말할 수 있는 전부예요. 아시겠어요?"

"말 한번 잘하네그려. 제대로 한번 붙어 보자 이거군? 맞았어, 이제 감 잡았군. 배심원이 진짜 듣게 될 내용을 알려 주겠어. 첫째, 당신은 그녀와 같이 잤어, 안 그래? 파파다키스에게 가벼운 사고가 났고, 당신과 그녀는 끝내주는 시간을 보냈어. 밤에는 침대에서, 낮에는 해변에서 손잡고 서로를 바라보면서 말이지. 그러다가 당신 둘에게 멋진 생각이 떠올랐어. 그에게 사고가 났으니까 생명 보험에 들게 하자. 그런 다음 그를 죽여 버리자. 그래서 그녀에게 일을 추진할 기회를 주려고 당신이 사라졌지. 그녀가 그 작업을 했고 금방 남편을 맘대로 주무를 수 있었지. 그가 든 보험은 사고, 건강 등 나머지 모든 걸 망라하는 정말로 좋은 보험이었고 비용은 46달러 72센트였어. 이제 당신들은 준비가 끝났어. 그로부터 이틀 후 프랭크 체임버스는 의도적으로 거리에서 닉 파파다키스와 마주쳤고, 닉은 당신이 돌아와 다시 일해 주기를 바랐지. 닉과 그의 아내가 샌타바버라로 간다는 것도, 호텔 예약 등 모든 걸 해 뒀다는 것도 당신은 다 알고 있던 거고. 물론 옛정을 생각해서 프랭크 체임버스는 그들과 함께 가지 않을 수 없었겠지. 그리고 당신이 갔어. 당신은 그리스인을 취하게 했고 자신도 똑같이 취했지. 경찰을 제대로 속이기 위해 당신은 와인 두 병을 차 안에 찔러 뒀어. 그런 다음 그녀가 말리부 해변을 보고 싶어 한다는 구실로 저 말리부 호수 도로를 선택했지. 그건 좋은 생각이 아니었어. 밤 11시였는데, 집 앞에 파도가 치는 집들을 보려고 그 밤에 운전을 해서 가려고 하다니. 하지만 거긴 가지도 않았어. 당신들은 멈춰 섰어. 멈춰 서 있는 동안 당신이 와인 병으로 그리스인의 머리를 내려쳤어. 남자의 머리를 내려치는 도구치고는 아름다운 것이었어, 체임버스. 누구도 당신보다 그 방법을 더 잘 알지는 못할 거야. 오클랜드에서 철로 감시원의 머리를 내려쳤던 것이었으니까. 당신이 그의 머리를 내리쳤고 그런 다음 그녀가 차를 출발시켰어. 그녀가 기어서 밖으로 나가는 동안 당신은 뒤에서 몸을 앞으로 기대고 운전대를 잡았고 수동 조정 장치로 연료를 넣었어. 기름이 많이 들지 않았지. 2단 기어였으니까. 그리고 그녀가 나간 다음 운전대를 잡고는 수동 조정 장치로 연료를 넣고, 당신이 밖으로 나올 차례였지. 하지만 당신은 좀 취했지, 안 그래? 당신은 너무 느렸고, 그녀는 차를 너무 벼랑 끝으로 몰았어. 그래서 그녀는 뛰어내렸는데, 당신은 걸린 것이지. 배심원이 그걸 믿지 않을 거라고 생각하겠지, 그렇지? 믿을 거야. 왜냐하면 내가 해변 여행부터 수동 조정 장치까지 한마디 한마디 다 증명해 낼 거니까. 내가 그렇게 하면 당신에겐 어떤 선처도 없을 거야. 새끼줄 한쪽 끝에 매달려 교수형 당하겠지. 그런 다음 새끼줄을 끊어 당신을 내려놓고는 매장해 버리겠지. 모가지를 보존할 기회가 있었을 때 너무 빌어먹게 멍청해서 타협하지 않았던 다른 놈들과 함께."

"그런 일은 없었어요. 내가 아는 한 안 그래요."

"내게 무슨 얘기를 하려는 거야? '그녀'가 그 짓을 했다는 거야?"

"누군가 그 짓을 했다고 얘기하는 게 아닙니다. 날 그냥 내버려 두세요! 그런 일은 벌어지지 않았어요."

"당신이 어떻게 알지? 당신이 만취했다고 생각했는데."

"내가 알기론 그런 일이 벌어지지 않았단 말입니다."

"그러면 그녀가 그 짓을 했다는 뜻인가?"

"그따위 빌어먹을 걸 뜻하는 게 아니에요. 내 말 그대로입니다. 그뿐이에요."

"들어 봐, 체임버스. 차 안에 당신, 그녀, 그리스인, 이렇게 셋이 있었어. 그리스인이 그 짓을 하지 않았다는 건 너무나 당연한 거고. 당신이 하지 않았다면, 그럼 그녀가 남잖아, 안 그래?"

"제길, 도대체 누군가 그 짓을 했다고 누가 그래요?"

"내가. 이제 어딘가에 도달하고 있는 것 같군, 체임버스. 아마 당신이 일을 저지르지 않았기 때문이겠지. 당신이 진실을 얘기하고 있다고 말했고, 아마 당신은 그렇겠지. 하지만 당신이 진실을 얘기하고 있다고 칩시다. 친구의 아내라는 점 외에 그 여자에게 아무런 관심이 없다면, 그러면 뭔가 조치를 취해야 되지 않겠어, 안 그래? 그 여자를 고소해야겠지."

"고소라니 무슨 뜻이죠?"

"그 여자가 그리스인을 죽였다면, 그녀는 당신도 죽이려 했던 거잖아, 안 그래? 그녀가 그냥 빠져나가게 내버려 둘 수는 없어. 만약 그렇게 한다면 누군가 당신이 아주 웃긴다고 생각할지도 모르니까. 그런 문제에 있어 그녀가 그냥 빠져나가게 내버려 둔다면 당신은 틀림없이 풋내기인 거야. 그녀는 보험금 때문에 남편을 죽였어. 그리고 당신도 죽이려고 했고. 그렇다면 뭔가 조치를 취해야 되지 않겠나, 안 그래?"

"그 여자가 그랬다면 내가 그럴지도 모르죠. 하지만 그녀가 그랬는지 아닌지 모르잖아요."

"당신에게 그걸 증명한다면, 당신은 고소해야지, 안 그래?"

"물론이죠. '만약' 당신이 그걸 증명할 수 있다면 말이죠."

"맞아. 내가 그걸 증명하겠어. 차가 멈췄을 때, 당신은 차 밖으로 나왔지, 안 그래?'

"아니요."

"뭐라고? 난 당신이 너무 취해서 아무것도 기억하지 못한다고 생각했는데. 이게 당신이 뭔가 기억해 낸 두 번째로군. 당신에게 놀라고 있어."

"내가 아는 한 아니란 말입니다."

"하지만 당신은 그랬어. 이 남자의 증언을 들어 보시오. '여자가 운전대에 있었고 우리가 지나갈 때 남자 하나가 안에서 웃고 있었고 또 다른 남자가 차 뒤에서 토하고 있었다는 것 외에는 차를 잘 못 보았습니다.' 그러니까 당신은 잠시 밖에 나와 뒤에서 토하고 있었지. 그때 그녀가 병으로 파파다키스의 머리를 내려쳤어. 당신은 돌아와서도 결코 아무것도 눈치채지 못했지. 왜냐하면 당신은 만취했고 파파다키스는 어쨌든 뻗어 버린 데다 눈치챌 만한 게 거의 없었으니까. 당신은 뒷좌석에서 뻗어 버렸고, 그때 그녀가 기어를 2단으로 바꾸고 손으로 수동 조정 장치를 계속 잡고 그걸로 연료를 넣었어. 그리고 그녀가 밖으로 미끄러져 나와 땅에 발을 딛자마자 차가 넘어간 거야."

"그렇다고 증명이 되지는 않는데요."

"아니, 그래. 라이트라는 증인은 자신이 커브 길을 돌아왔을 때 차가 골짜기 아래로 계속 굴러 내려가고 있었지만, '여자는 도로 위에서 그에게 손을 흔들어 도움을 청했다.'고 말했어."

"아마 그녀가 뛰어내렸겠죠."

"그 여자가 뛰어내렸다면, 핸드백을 들고 있었다는 게 우습지 않아? 체임버스, 손에 핸드백을 들고 운전할 수 있어? 그녀가 뛰어내리면서 핸드백을 집어 들 시간이 있었겠어? 체임버스, 그렇게 할 수 없어. 골짜기로 굴러 내려가는 승용차에서 뛰어내리는 건 불가능해. 차가 뒤집힐 때 그녀는 차 안에 없었어. 그렇다면 증명이 되지, 안 그래?"

"잘 모르겠네요."

"잘 모르겠다니 무슨 뜻이지? 저 고소장에 서명할 거야, 안 할 거야?"

"안 할 겁니다."

"들어 봐, 체임버스. 차가 너무 빨리 뒤집힌 건 사고가 아니었어. 당신 아니면 그녀가 한 짓이야. 그리고 그녀에겐 당신 짓으로 만들려는 의도가 없었어."

"날 그냥 내버려 두세요. 당신이 무슨 얘길 하는지 모르겠네요."

"여봐요, 여전히 당신 아니면 그녀야. 당신이 이 일에 아무런 관련이 없다면, 이놈에다 서명하는 게 나을 거야. 당신이 서명하지 않으면 내가 알게 되겠지. 그리고 배심원도 그렇게 되겠고. 그리고 판사도 그렇게 될 거야. 그러면 함정을 파 놓은 자도 그렇게 되겠지."

그는 나를 잠시 바라봤고 그런 다음 밖으로 나갔다가 다른 사내와 함께 돌아왔다. 그 사내는 의자에 앉아서 만년필로 서류를 작성했다. 새킷이 그걸 내게 가져왔다. "여기 있소, 체임버스."

나는 서명했다. 내 손에 땀이 너무 많이 나서 그 사내는 서류에 번진 자국을 닦아 내야 했다.

10장

그가 간 후 경찰이 돌아와 블랙잭이나 하자며 중얼거렸다. 몇 판 했지만 게임에 집중할 수 없었다. 한 손으로 카드 돌리는 게 신경 쓰인다는 핑계를 대고 그만뒀다.

"여봐요, 그가 좀 신경 쓰이게 하죠?"

"조금요."

"그는 지독해요. 원래 그래요. 모두를 신경 쓰이게 만들죠. 인류애가 넘쳐흐르는 목사 같은 인상이지만, 돌 같은 강심장을 가졌소."

"돌이 맞는 말이네요."

"이 도시에서 딱 한 사람만 그를 상대할 수 있소."

"그래요?"

"카츠라는 사람이죠. 들어 본 적 있을 거요."

"물론, 들어 봤죠."

"내 친구요."

"친구 잘 두셨네요."

"말하자면, 당신은 아직 변호사를 두면 안 돼요. 소환된 게 아니니까 사람을 부르러 보낼 수도 없어요. 경찰식으로 말하자면, 외부와 연락할 수 없는 상태로 당신을 사십팔 시간 동안 붙잡아 둘 수도 있어요. 하지만 그가 여기 나타나면 난 그와 당신을 만나게 해 줘야 해요, 알겠어요? 내가 그에게 얘기하면 그가 올 수 있다는 말이에요."

"당신이 수고비를 받는다는 말이네요."

"그가 내 친구란 말이죠. 음, 내게 수고비를 주지 않는다면 친구가 아니지, 안 그래요? 대단한 사람이에요. 이 도시에서 새킷에게 헤드록을 걸 수 있는 유일한 사람이죠."

"여봐요, 찬성이에요. 게다가 빠를수록 좋아요."

"곧 돌아올게요."

그가 잠시 밖에 나갔다가 돌아와서 내게 윙크했다. 금방 노크 소리가 났고 정말로 카츠가 들어왔다. 작은 체구에 마흔 살 정도 되어 보였다. 얼굴은 가죽 같고 콧수염이 검었다. 그가 들어와 처음 했던 짓은, '불 더럼' 담배 봉지와 갈색 담배종이 한 벌을 꺼내 담배를 마는 일이었다. 불을 붙였는데 한쪽만 반쯤 타들어 갔다. 그러고 나서는 담배에 더 이상 신경 쓰지 않았다. 담배가 그냥 그렇게 입가에 매달려 있는데, 불이 붙었는지 꺼졌는지 또는 그가 잠들었는지 깨어 있는지 나는 알아차리지 못했다. 그는 그냥 눈을 반쯤 감고 앉아 의자 팔

걸이에 다리 하나를 걸치고 모자는 머리 뒤에 쓴 채 있었다. 그뿐이었다. 나처럼 곤경에 빠진 사람에게 그건 보기에도 한심한 광경이라고 생각될지 모르겠지만, 그렇지 않았다. 그가 잠들었는지는 모르겠지만 심지어 잠들었어도 대부분의 깨어 있는 녀석보다 아는 게 더 많아 보였다. 내 목구멍에서 뭔지 알 수 없는 덩어리가 울컥 올라왔다. 그건 마치 성스런 마차가 낮은 곳으로 내려와 날 데려 올라가려는 것 같았다.

경찰은 그가 담배 마는 모습을 마치 카도나[8)]가 연속 3회 공중회전을 하는 장면인 것처럼 지켜봤다. 경찰은 나가기 싫어했지만 그래야만 했다. 그가 나간 후 카츠는 내게 시작하라는 몸짓을 했다. 어떻게 사고가 났는지, 우리가 보험금 때문에 그리스인을 살해했다고 새킷이 어떻게 말하려 했는지, 코라가 나도 살해하려 했다고 쓰인 고소장에 내가 어떻게 서명하게 되었는지를 얘기했다. 내 얘기가 끝난 후에도 그는 아무 말 없이 한참을 앉아 있었다. 그러다 그가 일어섰다.

"그가 당신을 제대로 곤경에 빠뜨렸네."

"거기 서명하지 말았어야 했어요. 코라가 그런 저주받을 짓을 했다고 전혀 믿지 않아요. 하지만 그가 나를 부추겼어요. 이제 내가 어떤 빌어먹을 상황에 처해 있는지 모르겠어요."

"글쎄, 어쨌든 거기 서명하지 말았어야 해요."

"카츠 씨, 제가 한 가지만 부탁해도 될까요? 그녀를 만나서 얘기해 주실래요……."

---

8) 유명한 서커스 선수.

"그녀를 만날 거요. 알아서 좋을 것만 얘기해 주죠. 나머지는 내가 처리하겠소. 그건 내가 처리한다는 말이오. 알아들었어요?"

"그래요, 알아들었어요."

"법정 소환 때 당신과 같이 있겠소. 아니면 어쨌든 내가 고른 사람이 당신과 같이 있을 거요. 새킷이 당신에게 고소장을 받아 냈기 때문에 당신 둘 다 변호할 수 있을지는 모르겠지만 내가 처리하겠소. 다시 한번 말하지만, 그건 무슨 짓을 하든 내가 처리한다는 말이오."

"당신이 무슨 일을 하든지요, 카츠 씨."

"또 봅시다."

그날 밤 그들은 나를 다시 들것에 태워 법정으로 데려갔다. 정식 법정이 아니라 치안 판사 법정이었다. 배심원석이나 증인석 같은 것도 없었다. 치안 판사가 단 위에 앉고 바로 옆에 경찰 몇 명이 있었다. 방을 쭉 가로지르는 긴 책상이 판사 앞에 있었다. 할 말이 있는 사람은 턱을 책상 너머로 걸치고 말했다. 대규모의 관중이 있었다. 실려서 들어가니 사진사들이 내게 플래시를 터뜨렸다. 웅성거리는 소리로도 큰일이 벌어지고 있다는 걸 짐작할 수 있었다. 들것에서는 보이는 게 많지 않았다. 하지만 카츠와 함께 앞쪽 벤치에 앉아 있는 코라, 한쪽에 떨어져서 서류 가방을 든 녀석들에게 얘기하는 새킷, 검시에 참석했던 경찰과 증인 몇 명이 얼핏 보였다. 그들은 책상 앞 테이블 두 개를 붙여 놓은 위에 나를 내려놓았다. 내게 담요를 제대로 덮어 줄 때쯤 중국 여자에 관한 소송 사건이 끝났다. 경찰이 조용히 하라고 테이블을 톡톡 두드렸다. 경찰이 그러는 동안 한 젊은 녀석이 내게로 몸을 숙이고 자기 이름이 화이트이며 나를 변호하라고 카츠가 부탁했다고 말했다. 나는 고개를 끄덕였다. 하지만 그는 계속해서 카츠 씨가 자기를 보냈다고 속삭였다. 경찰이 화가 나서 심하게 두드리기 시작했다.

"코라 파파다키스."

코라가 일어섰다. 카츠가 코라를 데리고 책상으로 올라갔다. 그녀가 옆으로 지나가다 몸이 내게 거의 닿을 뻔했다. 그런 와중에도 나를 언제나 흥분시켰던 바로 그 냄새, 그녀의 냄새를 맡다니 우스웠다. 코라는 어제보다 조금 나아 보였다. 다른 블라우스를 입었는데 몸에 잘 맞았다. 깨끗하게 다려 입은 정장에 신발도 닦여 있었다. 눈은 검게 멍들었지만 부기는 없었다. 다른 사람들 모두 그녀와 함께 올라갔다. 그들이 한 줄로 늘어서자 경찰이 오른손을 들라고 말했다. 그러고는 "진실, 완전한 진실, 오로지 진실만."이라고 중얼거리기 시작했다. 그가 도중에 멈추더니 나를 내려다보며 내가 오른손을 들었는지 확인했다. 내가 억지로 들어 올리자 그는 처음부터 다시 중얼거렸다. 우리 모두 따라서 웅얼댔다.

치안 판사가 안경을 벗었다. 판사는 코라에게 닉 파파다키스에 대한 살인 혐의와 프랭크 체임버스에 대한 살인 미수죄와 더불어 폭행죄의 혐의가 있으며, 원한다면 어떤 진술도 할 수 있지만 그녀가 하는 어떤 진술이든 그녀에게 불리하게 작용될 수 있다고 말했다. 또한 변호사를 선임할 권리가 있고, 변론 기간이 팔 일 있으며, 법정이 그 기간 동안 언제든지 그녀의 변론을 들을 거라고 얘기했다. 긴 연설이었다. 끝나기도 전에 기침 소리가 들렸다.

그런 다음 새킷이 시작했다. 자신이 무엇을 입증할 것인지 얘기했다. 그날 아침 내게 얘기했던 것과 거의 같았다. 단지 빌어먹게 엄숙하게 들리도록 했다. 이야기를 다 끝내더니 증인을 부르기 시작했다. 우선 구급차 의사가 있었다. 언제, 어디서 그리스인이 죽었는지 얘기했다. 그런 다음 부검을 했던 교도소 의사가 왔다. 그다음 부검의 조수가 와서 검시 기록을 확인하고 치안 판사에게 제출했다. 그러고 나서 사내가 두 명 더 왔지만 뭐라고 말했는지는 잊어버렸다. 다 끝났을 때 결국 통틀어서 입증해 냈던 건 그리스인이 죽었다는 거였다. 어쨌든 내가 아는 사실이기에 별로 신경 쓰지 않았다. 카츠는 증인들에게 전혀 질문하지 않았다. 치안 판사가 그를 바라볼 때마다 그는 손을 휘저었고 증인은 그냥 내려왔다.

만족스러울 정도로 충분히 그리스인의 죽음을 증명한 후 새킷이 그 사실을 분명히 정리했고, 중요한 의미가 있는 무언가를 제시했다. 그는 '아메리카 퍼시픽 스테이츠 사고 보험사'를 대표한다고 말하는 남자를 불렀다. 남자는 그리스인이 사고 오 일 전에 보험에 들었다고 얘기했다. 보험 보장 내용은 그리스인이 병에 걸리면 오십이 주 동안 주당 25달러를 받고 사고로 다쳐서 일을 할 수 없게 되어도 마찬가지이며, 팔다리 하나를 잃으면 5000달러, 팔다리 둘을 잃으면 1만 달러를 받고 사고로 죽으면 그의 미망인이 1만 달러를, 철도 기차 사고일 경우 2만 달러를 받는 것이라고 얘기했다. 여기까지 이야기하니 마치 보험 상품 선전같이 들리기 시작했다. 치안 판사가 손을 들었다.

"필요한 보험에 다 들었소."

치안 판사의 농담에 모두 웃었다. 심지어 나도 웃었다. 그게 얼마나 우습게 들리는지 생각해 보면 놀라운 일이 아니다.

새킷이 질문 몇 가지를 더 한 다음 치안 판사가 카츠에게 고개를 돌렸다. 카츠가 잠시 생각했다. 그가 보험 회사 남자에게 얘기하는데 정말로 천천히 말했다. 모든 단어를 제대로 했는지 확인하고 싶어 하는 것 같았다.

"당신은 이 소송의 이해 관련자입니까?"

"어떤 의미에서는 그렇습니다, 카츠 씨."

"범죄가 저질러졌다는 걸 근거로 배상금 지불을 피하길 바라죠, 그게 맞습니까?"

"맞습니다."

"범죄가 저질러졌으며 이 여자가 보험금을 타려고 남편을 죽였고 그 계획의 일환으로 이 남자를 죽이려고 시도하거나 아니면 죽음을 초래할지도 모를 위험에 고의로 빠뜨렸다고 정말로 믿고 있죠?"

남자가 묘한 미소를 띠고 잠시 생각했다. 답례로 역시 단어를 제대로 고르려는 것 같았다. "그 질문에 대한 대답으로, 카츠 씨, 이런 사건들, 매일 제 책상으로 넘어오는 사기 사건을 수천 건 취급했다는 걸 말씀드리고 싶군요. 저는 이런 종류의 수사에 있어서 유별난 경험을 하고 있다고 생각합니다. 이 회사와 다른 회사를 위해 일해 온 세월 동안 이보다 더 분명한 사건을 본 적이 전혀 없었다고 말씀드릴 수 있습니다. 범죄가 저질러졌다는 걸 믿기만 하는 게 아니라, 카츠 씨, 실제로 알고 있는 바입니다."

"됐습니다. 재판장님, 두 혐의에 있어서 그녀의 유죄를 시인하는 바입니다."

그가 법정에 폭탄을 떨어뜨렸더라도 이보다 더 빨리 소란스럽게 만들 수는 없었을 것이다. 기자들이 달려 나왔고 사진사들은 사진을 찍으려고 책상으로 몰려들었다. 그들은 계속해서 서로 부딪쳤다. 치안 판사는 화가 나서 질서를 지키라고 의사봉을 두드리기 시작했다. 새킷은 총에 맞은 듯한 표정이었다. 사방에서 고함 소리가 났는데 누군가 갑자기 귀 가까이에 조개껍질을 들이댄 것 같았다. 코라의 얼굴을 보려고 계속 애를 썼다. 하지만 내가 볼 수 있었던 건 그녀의 입가뿐이었다. 계속 실룩거렸다. 일 초에 한 번씩 바늘로 콕콕 찔리는 것 같았다.

그다음으로 아는 건 남자들이 내 들것을 들어 올렸고 화이트라는 젊은이를 따라 법정 밖으로 나왔다는 것이다. 그다음 두 개의 홀을 황급히 지나 서너 명의 경찰이 있는 방에 들어갔다. 화이트가 카츠에 관해 뭐라고 말하자 경찰들이 깨끗이 사라졌다. 들것을 들었던 녀석들도 나를 책상에 올려놓고는 밖으로 나갔다. 화이트가 잠시 주위를 서성거렸다. 문이 열렸고 여간수가 코라와 함께 들어왔다. 화이트와 여간수가 밖으로 나가고 문이 닫혔다. 그리고 우리 둘만 남았다. 할 말을 생각해 내려고 했지만 할 수 없었다. 그녀가 주위를 서성거렸는데 나를 바라보지 않았다. 그녀의 입이 아직도 실룩거렸다. 나는 계속 침만 삼켰다. 잠시 후 무언가 생각해 냈다.

"우리가 속았어, 코라."

코라는 아무 말도 하지 않았다. 그저 계속해서 주위를 서성거렸다.

"저 카츠라는 녀석은 경찰 앞잡이였을 뿐이야. 경찰이 그를 내게 보내 줬어. 그가 정직한 사람이라고 생각했어. 하지만 우리가 속았어."

"오, 아니지. 우리는 속지 않았어."

"우리가 속았어. 경찰이 그를 내게 팔아먹으려고 했을 때부터 알아차려야 했어. 하지만 몰랐어. 그가 솔직하다고 생각했어."

"내가 속았지, 당신은 아니야."

"아니, 나도 그래. 그가 나도 속였어."

"이제 다 알겠네. 왜 내가 차를 운전해야 했는지 알겠어. 지난번에 왜 그걸 해야 하는 사람이 당신이 아니고 나였는지 알겠어. 오, 그래. 나는 당신이 똑똑해서 반했어. 그리고 이제 보니 정말 똑똑한 걸 알겠네. 우습지 않아? 똑똑해서 반했는데 그러고 나서 그가 정말로 똑똑하다는 걸 알게 되니 말이야."

"무슨 애길 하려는 거야, 코라?"

"속았다고! 내가 속았다고 해야지. 당신과 저 변호사한테.

당신이 제대로 짜 뒀지. 내가 당신도 죽이려고 한 것으로 당신이 꾸몄지. 그래서 이 일이 당신과 아무 관련이 없어 보이도록 말이야. 그런 다음 내가 법정에서 유죄를 시인하게 만들었어. 그러니 당신은 그 일에 전혀 끼여 있지 않고. 맞아. 내가 아주 멍청했다고 생각해. 하지만 내가 그렇게까지 멍청하지는 않아. 잘 들어, 프랭크 체임버스 씨. 내가 끝장났으니, 당신이 얼마나 똑똑한지 한번 보겠어. 지나치게 똑똑하다는 것도 있는 거니까."

그녀에게 얘기하려 했지만 소용없었다. 립스틱을 바른 코라의 입술이 하얗게 질렸을 때 문이 열렸고 카츠가 들어왔다. 나는 들것에서 뛰쳐나가 그에게 달려들려고 했다. 움직일 수 없었다. 묶어 놓은 터라 움직일 수가 없었다.

"여기서 나가, 빌어먹을 앞잡이야. '당신이' 잘 처리했지. 잘도 처리했어. 하지만 이제 당신이 어떤 놈인지 알겠어. 내 말 안 들려? 여기서 나가!"

"왜, 뭐가 문제죠, 체임버스?"

카츠는 뺏긴 껌을 돌려 달라고 울어 대는 아이를 달래는 주일 학교 선생님처럼 보일 지경이었다. "왜, 뭐가 문제죠? 내가 처리하고 '있죠.' 내가 그렇게 얘기했잖소."

"그건 맞았어. 내 손에 걸리기만 하면 그땐 오로지 신만이 당신을 도와줄 수 있을 거야."

전혀 이해할 수 없는 듯 어쩌면 그녀가 도와줄 수 있을지도 모르겠다는 표정으로 그가 코라를 바라봤다. 그녀가 그에게 다가갔다.

"여기 이 남자, 아니 이 남자와 당신, 둘이 똘똘 뭉쳐서 내가 걸려들고 그는 풀려나게 했더군요. 그도 나만큼 이 일에 깊숙이 개입했으니 이대로 달아나지는 못해요. 내가 얘기하겠어요. 그걸 다 얘기하겠다고요. 지금 당장 말할 거예요."

카츠는 그녀를 바라보고 고개를 저었다. 그런 가식적인 표정은 생전 처음이었다. "여봐요, 나라면 그러지 않겠소. 내가 이걸 처리하게 그냥 내버려 둔다면……."

"당신이 처리했지. 이제 내가 처리할 거야."

그는 일어나 어깨를 으쓱하더니 밖으로 나갔다. 그가 나가자마자 발이 크고 목이 붉은 녀석이 휴대용 소형 타자기를 갖고 들어왔다. 책 두 권을 밑에 받치고 의자 위에 타자기를 놓고는 바짝 붙어 앉아 그녀를 바라봤다.

"카츠 씨가 말씀하시기를 당신이 진술서를 작성하고 싶으시다면서요?

그가 찍찍거리는 목소리로 얘기하며 묘한 미소를 지었다.

"맞아요. 진술서요."

코라가 한 번에 두세 단어씩 경련하듯 말하기 시작했다. 그녀가 말하는 속도에 맞춰 사내가 타자기를 덜거덕거리며 쳐 내려갔다. 그녀가 다 얘기했다. 처음으로 돌아가서 어떻게 그녀가 나를 만났는지, 어떻게 처음에 데이트하기 시작했는지, 어떻게 한 번 그리스인을 죽이려고 시도했지만 실패했는지 얘기했다. 경찰이 두어 번 방문에 고개를 들이밀었지만 타자 치던 녀석이 손을 들었다.

"잠깐만요, 경사님."

"알았어."

끝부분에 이르자 그녀는 보험에 관해서는 아는 바 없고, 보험금을 위해 했던 건 전혀 아니었으며, 그냥 그를 없애려고 했다고 말했다.

"그게 다예요."

그가 진술서를 추렸다. 그녀가 거기에 서명했다. "페이지마다 그냥 머리글자로 써 주시죠." 그녀가 머리글자를 썼다. 남자가 그녀의 오른손을 들게 하고는 공증인 도장을 꺼내어 도장을 찍고 서명했다. 그런 다음 주머니에 서류를 넣고 타자기를 닫고 밖으로 나갔다.

코라가 문으로 가서 여간수를 불렀다. "이제 됐어요." 여간수가 들어와 그녀를 데리고 나갔다. 들것을 들던 녀석들도 들어와 나를 들고 나갔다. 그들은 서둘렀지만 가는 길에 코라를 구경하는 인파에 파묻혔다. 그녀는 엘리베이터 앞에서 여간수와 함께 구치소로 올라가기 위해 기다리고 있었다. 구치소는 법원 꼭대기 층에 있었다. 사람들이 들것을 밀치고 지나갔다. 내 담요가 당겨져서 바닥에 끌렸다. 코라가 집어 들어 꼭 덮어 줬다. 그런 다음 그녀가 얼른 돌아섰다.

11장

나는 병원으로 다시 옮겨졌다. 하지만 주 경찰 대신 진술을 받던 녀석이 나를 지켰다. 그는 다른 쪽 침대에 누웠다. 나는 잠을 청했고 얼마 후 잠이 들었다. 나는 그녀가 나를 바라보고 있는 꿈을 꿨다. 그녀에게 뭔가 말하려 했지만 할 수 없었다. 그런 다음 그녀가 쓰러졌고 나는 잠에서 깨어났다. 내가 내려쳤을 때 그리스인의 머리에서 나던 끔찍한 파열음, 그 파열음이 내 귓가에 울렸다. 다시 잠을 청했고 꿈에 빠져들었다. 다시 깨어났을 때는 목을 부여잡고 있었다. 똑같은 파열음이 내 귓가에 울렸다. 한번은 깨어났을 때 소리치고 있었다. 그가 팔꿈치를 괴고 내게 몸을 수그렸다.

"이봐."

"예."

"왜 그래요?"

"아무것도 아니에요. 그냥 꿈꿨어요."

"알았어요."

그는 한순간도 내 곁을 떠나지 않았다. 그는 아침에 대야에 물을 담아 가져오게 하고는 주머니에서 면도기를 꺼내 면도했다. 그런 다음 세수했다. 아침 식사가 들어오자 테이블에서 식사했다. 우리는 아무 말도 하지 않았다.

사람들이 내게 신문을 갖다줬다. 거기 있었다. 코라의 큰 사진 바로 밑에 들것에 실린 나의 작은 사진이 1면에 있었다. 신문에서는 그녀를 술병 살인자라고 불렀다. 법정에서 그녀가 유죄를 시인한 것과 오늘 선고 공판이 있을 거라는 내용이었다. 신문 안쪽 한 면에는 처리 속도에 있어서 이 소송이 기록을 세우리라는 얘기가 있었다. 모든 소송이 이렇게 일사천리로 빨리 처리된다면 법안을 100가지 가결하는 것보다 범죄 예방에 더 효과적일 거라고 말하는 목사의 의견도 실렸다. 코라의 자백에 관한 기사를 찾아 신문을 다 뒤졌다. 그 안에 없었다.

12시쯤 젊은 의사가 들어와 알코올로 등을 적셔 반창고를 떼어 내며 등을 치료했다. 흠뻑 적셔 떼어 내야 하는데 대부분 그냥 벗겨 내는 바람에 지독하게 아팠다. 그가 반창고 일부를 떼어 내자, 나는 내가 움직일 수 있다는 걸 알았다. 나머지는 그냥 붙여 뒀다. 간호사가 내 옷을 가져왔다. 나는 옷을 입었다. 들것 드는 사람들이 들어와 엘리베이터를 타고 병원 밖까지 나가도록 나를 도와줬다. 운전사가 딸린 차가 기다리고 있었다. 나와 함께 밤을 보낸 자가 나를 차에 태웠다. 우리는 두 블록쯤 달렸다. 그런 다음 그가 나를 차에서 내리게 했다. 우리는 어떤 건물에 들어가 사무실로 올라갔다. 만면에 미소가 가득한 카츠가 거기서 손을 내밀었다.

"다 끝났어요."

"굉장하네요. 언제 그녀를 교수형 시키죠?"

"그녀를 교수형 시키지 못해요. 그녀는 풀려났소. 자유요. 새처럼 자유롭죠. 잠시 후 법원에서 몇 가지가 정해지는 대로 그녀가 나올 거요. 들어오세요. 얘기해 드리죠."

그가 개인 사무실로 나를 데리고 들어가 문을 닫았다. 담배를 말아 반쯤 태워 입에 물자마자 얘기하기 시작했다. 나는 그를 거의 알지 못했다. 전날 그렇게 졸린 표정이었던 남자가 이토록 흥분하리라곤 생각지 못했다.

"체임버스, 이건 내 평생 겪었던 사건 중 최고예요. 맡았다가 이십사 시간 내에 빠져나왔소. 이런 경험은 한 번도 없었다고 얘기해야겠죠. 글쎄, 뎀시 대 퍼포(Dempsey-Firpo) 싸움은 2라운드를 안 넘겼죠, 안 그래요? 얼마나 오래 걸리느냐가 아니죠. 싸움을 벌이는 동안 뭘 했는가죠.

하지만 이건 실제로 싸움이 아니었소. 네 명이 하는 카드 게임인데 모든 선수에게 완벽한 패가 돌려졌어요. 할 수 있다면 이런 걸 이겨야죠. 이기려면 별 볼일 없는 패를 가진 선수가 한 명 필요하다고 생각하죠, 안 그래요? 그런 건 빌어먹을 짓이지. 그런 별 볼일 없는 패는 매일 만나요. 모두 다 카드를 갖고 있는 상황, '제대로 돌리면 이기는 카드를 모두 다 가진 상황'인데 나를 보시오. 오, 체임버스, 당신이 이 소송에 날 불러들였을 때 내 부탁을 제대로 들어준 거죠. 결코 다시 이런 사건을 맡지 못할 거요."

"아직 아무 말도 하지 않았어요."

"말할 테니 걱정 말아요. 하지만 이해하지 못할 거요. 당신 앞에 카드를 다 펼쳐 보일 때까지 패를 어떻게 돌렸는지 알지 못할 거요. 자, 우선, 당신과 여자가 있었소. 당신들은 각자 완벽한 패를 쥐고 있었어요. 왜냐하면 그건 완벽한 살인이었으니까요, 체임버스. 아마 당신은 그게 얼마나 훌륭했는지조차 모르겠죠. 새킷이 당신을 겁주려고 했던 모든 것, 즉 차가 뒤집힐 때 그녀가 차 안에 없었다는 것, 그녀가 핸드백을 갖고 있었다는 것, 그 모든 것이 빌어먹게도 하나도 제대로 성립되는 게 아니었어요. 차가 구르기 전에 비틀거릴 수 있죠, 안 그래요? 그래서 여자가 뛰어내리기 전에 핸드백을 집어 들 수 있겠죠, 안 그래요? 그것으로는 어떤 범죄도 입증할 수 없어요. 그건 그냥 그녀가 여자라는 걸 입증할 뿐이오."

"그런 걸 어떻게 알아냈죠?"

"새킷에게서 얻어 냈죠. 지난 밤 그와 함께 저녁 식사를 했는데 내 앞에서 의기양양하더군요. 고된 일을 한다고 날 동정하면서. 새킷과 나는 적수요. 우리는 역사상 가장 절친한 적이오. 그는 날 속이기 위해서라면 악마에게 영혼이라도 팔 것이고 나도 역시 똑같은 짓을 할 거요. 심지어 내기도 했어요. 이 일에 100달러를 걸었죠. 그냥 자신의 패를 돌리며 교수형 집행인이 자기 일을 하도록 내버려 두면 되는 완벽한 소송이라며 날 조롱했죠."

교수형 집행인이 나와 코라에게 할 짓을 두고 두 사내가 100달러의 내기를 걸다니 신나는 일이었다. 하지만 그만큼 똑같이 제대로 정리해 두고 싶었다.

"우리에게 완벽한 패가 있었다면, 그의 패가 어디로 끼어들었죠?"

"말하려던 참이오. 당신에게 완벽한 패가 있었지만 고금을 통틀어 남자건 여자건 그런 패를 돌릴 수 없다는 걸 새킷은 알죠. 검사가 패를 제대로 돌리면 말이죠. 그가 해야 할 일은 당신들 중 하나를 반대편이 되게 만드는 게 전부라는 걸 그는 알고 있었소. 그건 확실했소. 그게 첫 번째 사항이오. 다음으로, 심지어 그는 소송을 열심히 연구할 필요도 없었죠. 그를 대신해 줄 보험 회사가 있으니 손가락 하나 까딱할 필요가 없었죠. 그게 새킷이 아주 좋아했던 부분이오. 그의 일은 패를 돌린 게 전부요. 그러면 판돈이 바로 자기 수중에 떨어질 것이었으니까. 그래서 그가 무슨 일을 했죠? 보험 회사가 대신 파헤쳐 놓은 자료를 받아 그걸로 당신을 지독하게 겁줘서 그녀에 대한 고소장에 서명하게 만들죠. 그는 당신이 가진 가장 좋은 패인 당신 자신이 심하게 다쳤다는 사실을 뽑고 그와 더불어 당신이 가진 으뜸 패를 내놓게 했죠. 당신이 그렇게 심하게 다쳤다면 틀림없이 사고겠지만 새킷은 그걸 이용해서 그녀에 대한 고소장에 당신이 서명하게 만들었소. 서명하지 않으면 그런 짓을 지절렀다는 사실을 빌어먹을 새킷이 알게 될까

봐 무서웠던 당신은 서명을 하게 되었고."

"노랗게 졸아 버렸어요, 그게 다예요."

"노란색은 살인 하면 떠오르는 색깔인데, 새킷보다 그걸 더 잘 짐작해 내는 사람은 없죠. 좋아요. 그가 원하는 곳에서 당신이 걸려들었죠. 당신이 그녀에게 불리한 증언을 하도록 만들었겠죠. 일단 당신이 그렇게 하면 세상 어떤 힘도 그녀가 당신을 배반하는 걸 막을 수 없다는 걸 새킷은 안 거요. 나와 저녁 식사를 할 때 상황이지. 그는 나를 조롱했소. 나를 동정했죠. 내게 100달러를 걸었소. 그리고 나는 카드를 돌리기만 하면 그를 이길 수 있는 패가 내 손에 있다는 걸 알고 내내 거기 앉아 있었죠. 좋아요, 체임버스. 당신이 내 패를 들여다보고 있네요. 뭐가 보이죠?"

"그리 많지는 않아요."

"그러니까, 뭐가?"

"사실대로 말씀드리면, 안 보여요."

"새킷도 그러지 못했소. 하지만 이제 보시오. 어제 당신을 떠난 후 그녀를 만나러 가서 파파다키스의 금고를 열어 볼 위임장을 얻었지. 그리고 내가 예상했던 걸 찾았소. 상자 안에 또 다른 보험 증권이 있었죠. 그걸 작성한 보험 판매인을 찾아가 다음과 같은 사실을 알아냈소.

그 사고 보험 증권은 파파다키스가 몇 주 전에 겪은 사고와 아무 관련이 없었소. 보험 판매인은 달력을 보고 파파다키스의 자동차 보험이 거의 만료됐다는 걸 알아채고 그를 만나러 갔소. 부인은 집에 없었죠. 두 사람은 화재, 도난, 충돌 사고,

책임 보험 등 기본형의 자동차 보험을 빨리 확정했죠. 그런 다음 보험 판매인은 자해를 제외한 모든 것에 보험이 적용된다는 걸 파파다키스에게 알려 주면서 개인 사고 보험이 어떻겠냐고 물어봤소. 파파다키스는 바로 관심을 가졌죠. 아마 지난번 사고가 원인이었겠지만 그랬더라도 보험 판매인은 아무것도 몰랐어요. 파파다키스가 전부 서명했고 보험 판매인에게 수표를 주었소. 다음 날 보험 증권이 우편으로 그에게 발송됐죠. 알겠지만 보험 판매인은 여러 회사를 위해 일하는데 이 보험 증권들이 모두 같은 회사에 의해 작성된 건 아니오. 이게 바로 새킷이 간과한 1번이죠. 하지만 기억해야 할 요점은 파파다키스가 새로운 보험만 든 게 아니라는 점이오. 예전의 보험 증권도 있었고, '게다가 아직 일주일간 유효했죠.'

좋아요, 이제 정리해 봅시다. '퍼시픽 스테이츠 사고 보험'에 1만 달러짜리 개인 사고 보험, '캘리포니아 보증보험'에 1만 달러짜리 새로운 책임 보험 증권, 그리고 '로키 마운틴 신용 보험'에 1만 달러짜리 예전의 책임 보험 증권이 있어요. 이게 나의 첫 번째 카드죠. 새킷에게는 그를 위해 1만 달러까지 일하는 보험 회사가 있소. 내게는 언제든 날 위해 일하는 두 개의 보험회사가 있고. 2만 달러짜리요. 알겠어요?"

"아니, 모르겠어요."

"봐요. 새킷이 당신에게서 중요한 카드를 훔쳤소, 안 그래요? 그러니까 나는 그에게서 똑같은 카드를 훔친 거요. 당신은 다쳤어요, 안 그래요? 당신은 심하게 다쳤어요. 그러니까 새킷이 그녀의 살인죄를 입증하고 당신이 살인의 결과로 입은 상해에 대해 그녀에게 소송을 건다면, 그러면 배심원은 당신이 무엇을 청구하든 당신에게 주게 되죠. 그리고 이 두 보험회사는 판결에 따라 자신들 보험 증권의 마지막 1센트까지 지불할 책임을 져야 하죠."

"이제 알겠네요."

"좋아요, 체임버스, 좋아요. 내가 내 손에서 그런 패를 찾아냈지만, 당신은 몰랐고 새킷도 찾아내지 못했죠. '퍼시픽 스테이츠 사고 보험'도 찾아내지 못했는데, 새킷 대신 게임을 하느라 너무 바빴고, 그의 게임이 이길 거라고 너무 확신했기 때문에 심지어 그걸 생각해 보지도 않았기 때문이죠."

카츠는 방 안을 몇 차례 서성거렸다. 구석에 놓인 작은 거울을 지날 때마다 매번 자신을 뚫어져라 보다가 계속 거닐었다.

"맞아요, 그런 패가 있었소. 하지만 다음은 카드를 돌리는 방법이죠. 빨리 돌려야 했소. 새킷은 자신의 카드를 벌써 돌렸고 곧 자백이 있을 수 있었기 때문이었죠. 코라가 자신에게 불리한 당신의 증언을 듣자마자, 바로 법정에서 자백해 버릴지도 몰랐죠. 빨리 움직여야만 했어요. 그래서 어떻게 했겠소? '퍼시픽 스테이츠 사고 보험'의 직원이 증언할 때까지 기다렸소. 그런 다음 그가 범죄가 저질러졌다는 걸 실제로 믿는다는 기록을 남겨 뒀죠. 그건 나중에 그를 체포하겠다며 가짜로 엄포를 놓기 위해서였죠. 그런 다음, 쾅, 내가 그녀의 유죄를 시인했죠. 그래서 소환이 끝나 버렸고 그날 밤 새킷을 막았죠. 그리고 나서 서둘러 그녀를 변호사실로 데려갔죠. 그날 밤 구금되기 전에 삼십 분의 시간을 요구했고 당신을 그녀와 함께 거기 들여보냈소. 당신과 함께 있는 시간은 오 분으로 충분했지. 내가 거기 들어갔을 때 그녀는 이미 실토할 준비가 돼 있었소. 그래서 케네디를 들여보낸 거요."

"지난밤 나와 함께 있던 형사 말이죠?"

"예전엔 형사였지만 더 이상 형사가 아니에요. 지금은 내 탐정이죠. 그녀는 형사에게 얘기한다고 생각했겠지만 실제로는 가짜에게 말했던 거죠. 하지만 효과가 있었어요. 가슴속에 있는 말을 뱉어 낸 후 그녀가 오늘까지 계속 조용히 있소. 충분히 긴 시간이었지. 다음은 당신이었소. 당신이 달아날까 했소. 당신에겐 혐의가 없었으니까. 당신이 그렇다고 생각했더라도 당신은 체포 상태가 아니었어요. 당신이 그걸 알게 되면 반창고도, 아픈 등도, 병원 근무자도, 다른 어떤 것도 당신을 붙잡아 둘 수 없었을 테니까요. 그래서 케네디를 그녀와의 일을 마친 후 당신을 감시하라고 보냈죠. 다음으로 한밤중에 '퍼시픽 스테이츠 사고 보험', '캘리포니아 보증 보험'과 '로키 마운틴 신용 보험' 사이에 작은 회의가 있었죠. 그들 앞에 사건을 제시하니 엄청 빨리 거래하더군요."

"거래하다니 무슨 뜻이죠?"

"우선 그들에게 법조문을 읽어 줬어요. 캘리포니아 자동차 법령 141조 3항 4절의 동승인 조항을 말이오. 자동차의 동승인이 상해를 입더라도 그에게 손해 배상을 받을 권리가 없다는 것이지요. 그러나 동승인의 상해가 운전자 측의 음주나 고의적 과실에서 기인한다면 보상받을 수 있다는 전제 조항이 있었죠. 보다시피, 당신은 동승인이었고 내가 살인과 폭행 혐의에 대해 그녀의 유죄를 시인했죠. 고의적 과실이 많았어요, 안 그래요? 아시다시피, 이제 더 이상 확신할 수가 없었죠. 어쩌면 그녀의 단독 범행일지도 모르니까. 그래서 파파다키스가 가입한 두 군데의 보증 보험 회사들, 턱을 내밀고 당신의 펀치를 기다려야 했던 회사들이 각각 5000달러씩 추렴해서 '퍼시픽 스테이츠 사고 보험'에 지불했죠. '퍼시픽 스테이츠 사고 보험'은 그 돈을 다 지급하고 입을 다물기로 합의했는데 이 모든 일에 삼십 분이 걸렸어요."

그는 말을 멈추고 한 번 더 흐뭇한 미소를 지었다.

"그런 다음에는요?"

"아직도 그 장면을 생각하고 있어요. 오늘 '퍼시픽 스테이츠 사고 보험'의 직원이 증인석에 나가 자신의 수사에 의하면 어떤 범죄도 저질러지지 않았다고 확신하며, 그의 회사는 사고 보험 청구액을 전액 지불한다고 말할 때의 새킷 얼굴을 지금도 떠올릴 수가 있어요. 체임버스, 그게 어떤 느낌인지 알아요? 상대를 속여 무방비 상태로 만들고 그런 다음 바로 턱에 한 방 먹이는 거 말이오. 세상에 그런 기분은 또 없어요."

"아직도 모르겠어요. 뭐 때문에 이 사람이 다시 증언했지요?"

"코라가 선고 공판을 받았어요. 유죄 시인 후, 법정은 대개 사건의 정황을 알아내기 위해 증언을 듣고 싶어 하죠. 선고 형량을 결정하기 위해서지. 새킷이 악을 쓰면서 피를 요구하기 시작했소. 사형을 원했어요. 오, 새킷은 피에 굶주린 놈이오. 그게 그에 반대해서 일하도록 나를 자극하죠. 그는 교수형에 처하는 것이 효과가 있다고 정말로 믿어요. 새킷과 겨룬다는 건 도박을 벌이는 거요. 그래서 그는 보험 회사 직원을 다시 증인석에 세웠죠. 하지만 한밤중의 작은 회의 후 그가 '자신의' 개자식이 아니라 '나의' 개자식이 되었는데 새킷만 그걸 몰랐죠. 그가 그걸 알아채고 무척 씩씩거리더군요. 하지만 때가 너무 늦었죠. 보험 회사가 그녀의 유죄를 믿지 않는다면 배심원이 결코 그걸 믿을 리 없죠, 안 그래요? 그런 뒤라면 그녀에게 유죄 선고가 내려질 기회는 없는 거요. 그때가 내가 새킷을 열받게 만들 때였소. 내가 일어나 법정에서 연설했소. 천천히 시간을 끌었죠. 의뢰인이 처음부터 자신의 결백을 주장했지만 그걸 믿지 않았다고 얘기했죠. 어떤 법정이든 유죄 선고를 하기에 충분할 만큼 그녀에게는 불리하고 압도적인 증거가 존재한다는 걸 내가 알았고, 그녀의 유죄를 시인하고 법정의 자비에 호소하기로 결정하는 것이 그녀의 최선의 이익을 대변한다고 믿었다는 걸 얘기했죠. 하지만. 체임버스, 내가 혀를 꼬부려 어떻게 그 '하지만'이란 단어를 발음했는지 아시오? 하지만 방금 제시된 증언에 비추어 보면 유죄 시인을 철회하고 소송을 진행하는 것 외에 다른 방안이 없다고 말했소. 아직도 청원 기한인 팔 일 이내였기에 새킷은 아무것도 할 수 없었죠. 그는 졌다는 걸 알았소. 그는 과실 치사의 유죄에 동의했어요. 법정이 나서서 다른 증인을 심문했고 그녀에게 육 개월의 집행 유예를 선고했으며, 그 점에 대해 실제로 사과했어요. 폭행 혐의는 취하했어요. 그게 전체 사건의 핵심이었는데 거의 잊어버리고 있었죠."

문에서 노크 소리가 났다. 케네디가 코라를 데리고 들어와 카츠 앞에 서류 몇 장을 내려놓고 나갔다. "여기 있군요, 체임버스. 그냥 거기 서명하겠소? 당신이 입은 상해에 대한 배상금 포기 각서예요. 보험 회사가 아주 친절했기 때문에 그 책임을 면하게 해 주었소."

내가 서명했다.

"내가 집에 데려다주길 원해요, 코라?"

"그래요."

"잠깐, 잠깐, 두 분, 그렇게 서두르지 마세요. 사소한 볼일이 하나 더 있어요. 그리스인을 죽인 대가로 받은 1만 달러요."

코라가 나를 바라봤고, 나는 그녀를 바라봤다. 카츠는 앉아서 수표를 바라봤다. "보다시피, 카츠를 위한 몫이 없었다면 완벽한 패가 아니었겠죠. 말하는 걸 깜빡했는데, 글쎄, 아, 그러니까, 난 욕심꾸러기가 아니에요. 대개 전액 다 받지만 이번에는 그냥 반만 받겠소. 파파다키스 부인, 5000달러짜리 수표를 작성하세요. 그럼 이걸 당신에게 양도하고 은행에 가 계좌를 정리하죠. 여기요. 여기 백지 수표요."

그녀가 앉아 펜을 집어 들고 쓰기 시작했다. 그런 다음 멈췄는데 이게 전부 무슨 일인지 전혀 짐작되지 않는 것 같아 보였다. 불현듯 카츠가 다가가서 백지 수표를 집어 들고 찢어 버렸다.

"이런, 빌어먹을. 평생에 단 한 번, 안 그래요? 여기 있소. 다 가져요. 열 장이든 말든 신경 안 써요. 나도 열 장 받았거든. 이게 내가 원하는 거죠!"

그가 지갑을 열어 종잇조각을 꺼내 우리에게 보여 줬다. 그건 새킷의 100달러짜리 수표였다. “내가 저걸 현금으로 바꿀 거라고 생각해요? 천만에요. 액자에 넣어 둘 거예요. 내 책상 바로 위, 저 위에 걸리겠죠.”

12장

우리는 밖으로 나왔다. 내가 다리를 심하게 절어서 택시를 잡았다. 우선 은행에 가서 수표를 입금한 다음 꽃집에 가서 큰 꽃다발을 두 개 샀다. 그러고 나서 그리스인의 장례식에 갔다. 그가 죽은 지 이틀밖에 되지 않았다니 우스웠다. 이제 막 그를 묻고 있었다. 장례식장은 작은 그리스 교회였다. 아주 많은 사람들이 있었다. 가게에서 가끔 본 그리스 사람들도 있었다. 그들은 코라를 무표정한 얼굴로 대했다. 그녀를 앞에서 세 번째쯤 되는 좌석에 앉혔다. 사람들이 우리를 바라본다는 걸 알았다. 나는 나중에 그들이 거칠게 나오면 어떻게 해야 하나 궁리했다. 그들은 닉의 친구였지 우리의 친구가 아니었다. 하지만 얼마 안 지나 석간신문이 돌려지는 게 보였다. 그녀가 무죄라는 머리기사가 크게 나왔다. 좌석 안내원이 훑어보더니 달려와 우리를 앞쪽 벤치로 안내했다. 설교자가 그리스인이 어떻게 죽었는지 불쾌한 듯 얘기를 시작했다. 하지만 누군가가 올라가 그에게 속삭이며 그때쯤 앞자리 근처까지 올라와 있는 신문을 가리켰다. 그가 주위를 둘러보더니 처음부터 다시 말했는데 불쾌한 얘기는 없었고 애도하는 미망인과 친구에 관한 걸 끼워 넣었다. 모두 괜찮다고 고개를 끄덕였다. 우리가 밖으로 나와 무덤이 있는 교회 경내에 가자 두 사람이 그녀의 팔을 부축해서 밖으로 나오는 걸 도와줬고 또 다른 두 사람이 나를 부축했다. 닉을 내려놓을 때 나는 엉엉 울기 시작했다. 그런 찬송가를 부르면 매번 그렇게 되는데, 그건 내가 그리스인을 좋아했었기 때문에, 좋아하던 사람에 관한 거라서 특히 그랬을 것이다. 끝에 가서 그가 100번도 넘게 불렀던 노래가 들리자 난 넋이 나갔다. 내가 할 수 있었던 일이라곤 그저 다들 하는 방식대로 꽃을 내려놓는 것뿐이었다.

택시 운전사가 일주일에 15달러로 포드 자동차를 빌려 줄 사람을 찾아냈다. 우리는 그걸 타고 출발했다. 코라가 운전했다. 도시를 벗어날 때 건축 중인 어느 집을 지나쳤다. 가는 길에 우리는 최근에 새로 짓는 집들이 그리 많지는 않지만 경기가 좋아지면 지역 전체에 많은 건물들이 세워지리라는 얘기를 했다. 가게에 도착하자 그녀는 나를 먼저 내리게 하고는 주차를 했다. 우리는 안으로 들어갔다. 싱크대에 있는 씻지 않은 와인잔들, 너무 취해서 미처 치워 두지 못한 그리스인의 기타 등 전부 내버려 뒀던 그대로였다. 그녀가 기타를 케이스에 넣고 잔을 씻은 다음 2층으로 올라갔다. 잠시 후 그녀를 따라 올라갔다.

그녀가 침실 창가에 앉아 도로를 내다보고 있었다.

"그래서?"

그녀는 아무 말도 하지 않았다. 나는 나가려고 했다.

"당신에게 나가라고 하지 않았어."

나는 다시 앉았다. 한참 후 그녀가 다시 말했다.

"당신이 날 배신했어, 프랭크."

"아니, 그렇지 않아. 그가 내게 시켰어, 코라. 그의 서류에 서명해야 했어. 그러지 않았으면, 그러면 그가 모든 걸 알아챘을 거야. 당신을 배신하지 않았어. 내가 어떤 상황인지 알아낼 때까지 그냥 그의 말을 따른 것뿐이야."

"당신이 나를 배신했어. 당신 눈에서 그걸 볼 수 있었다고."

"맞았어, 코라, 내가 그랬어. 그냥 노랗게 졸아 버렸어. 그게 다야. 그러고 싶지 않았어. 그러지 않으려고 노력했어. 하지만 그가 나를 때려눕혔어. 난 질려 버렸어, 그뿐이야."

"알아."

"그로 인해 지옥 같은 일을 겪었어."

"그리고 내가 당신을 배신했어, 프랭크."

"당신을 그렇게 하도록 만들었어. 당신은 원하지 않았어. 당신은 함정에 빠진 거야."

"원해서 그렇게 했어. 그때는 당신을 증오했으니까."

"괜찮아. 내가 실제로 하지 않았던 일 때문이었어. 그게 어떤 상황이었는지 이제 당신도 알지."

"아니. 당신이 정말로 했던 일 때문에 당신을 미워했어."

"난 결코 당신을 증오하지 않았어, 코라. 내 자신을 미워했다고."

"이제 당신을 증오하지 않아. 저놈의 새킷을 증오해. 그리고 카츠도. 왜 우리를 그냥 내버려 둘 수 없었을까? 왜 우리가 끝까지 함께 싸워 나가게 내버려 둘 수 없었던 거지? 그랬더라도 난 신경 쓰지 않았을 거야. 비록 결과가 그렇다 해도……. 당신도 알지? 신경 쓰지 않았을 거야. 우리의 사랑은 있었을 테니까. 그게 그 전에 우리에게 있었던 전부였어. 하지만 그들은 맨 처음부터 비열하게 시작했고 당신이 나를 배신했어."

"그리고 당신이 나를 배신했어. 그걸 잊지 마."

"그게 끔찍한 부분이야. 내가 당신을 배신했어. 둘 다 서로 배신했어."

"그러니까 비긴 거지, 안 그래?"

"비겼어. 하지만 지금 우릴 봐. 우린 산꼭대기에 있었어. 아주 높은 곳에 올라 있었어, 프랭크. 그곳에서, 그날 밤, 우린 모든 걸 가졌어. 그런 감정을 느낄 수 있는지 몰랐어. 우린 키스했고 무슨 일이 벌어지더라도 영원하도록 봉인했어. 우린 세상에 있는 그 어떤 두 사람보다 더 많은 걸 갖고 있었어. 그런 다음 무너져 내렸어. 처음엔 당신이, 그리고 그런 다음엔 내가 말이야. 그래, 비겼어. 우리가 이곳 바닥에 함께 있으니. 하지만 더 이상 높이 오르지 못해. 우리의 아름다운 산은 사라졌어."

"빌어먹을, 그러니까, 우리가 함께 있잖아, 안 그래?"

"그런 것 같네. 하지만 난 정말 많이 생각했어, 프랭크. 지난 밤에. 당신과 나, 영화, 내가 왜 실패했는지, 간이식당, 길, 그리고 당신이 왜 길을 좋아하는지 말이야. 우린 그저 두 명의 풋내기일 뿐이야, 프랭크. 그날 밤 신이 우리 이마에 키스했어. 두 사람이 가질 수 있는 건 전부 다 줬어. 그런데 우린 그냥 그걸 누릴 만한 족속이 아니었어. 그런 사랑을 모두 가졌는데 그냥 그 밑에서 부서져 내렸지. 커다란 비행기 엔진이 하늘을 가로질러 산꼭대기까지 데려다주지. 하지만 당신이 그 엔진을 포드 자동차 안에 넣자 그냥 흔들려 산산조각 났어. 그게 우리의 현실이야, 프랭크. 포드 자동차 두 대라고. 신이 저 위에서 우릴 비웃고 있어."

"빌어먹을 놈의 신. 그러니까 우리도 그를 비웃고 있잖아, 안 그래? 그가 우리에게 붉은 정지 신호를 보냈지만 우리가 지나쳤잖아. 그런 다음엔 뭐야? 막다른 골목에서 빠져나왔잖아? 정신없이 해치웠어. 깨끗하게 빠져나왔고 일을 한 대가로 1만 달러를 얻었지. 그러니 신이 우리의 이마에 키스했다고? 악마가 우리와 함께 침실로 가는 거야. 여봐, 당신과 날 믿고 악마는 아주 잘 자고 있어."

"그런 식으로 얘기하지 마, 프랭크."

"열 장 얻어 내지 않았던가, 안 그래?"

"1만 달러에 대해서는 생각하고 싶지 않아. 많은 돈이지만 그걸로 우리의 산을 사지는 못해."

"산이라니, 빌어먹을, 우리에겐 산이 있고 그 꼭대기에 쌓아 둘 1만 달러라는 돈이 아직 있잖아. 높이 올라가길 원하면, 그 돈 더미 위에서 주위를 둘러보라고."

"당신은 바보야. 머리에 붕대 감고 소리쳐 대는 모습을 자신이 좀 보면 좋겠어."

"당신은 뭔가를 잊고 있어. 우리에겐 축하할 게 있잖아. 아직 술도 한 모금 안 마셨어."

"취하자는 얘기 따위가 아니야."

"마실 건 마셔야지. 떠나기 전에 남겨 둔 양주가 어디 있을 텐데."

내 방에 가서 양주를 찾았다. 1쿼트[9]짜리 버본이었는데, 4분의 3 정도 남아 있었다. 아래로 내려가 유리잔에 코카콜라 얼음과 화이트록[10]을 갖고 2층으로 돌아왔다. 그녀가 모자를 벗자 머리카락이 흘러내렸다. 나는 두 잔을 준비했다. 화이트록 조금, 얼음 두 개가 들어갔고 나머지는 술로 채웠다.

"한잔해. 기분 좋아질 거야. 이건 새킷이란 비열한 놈이 날 곤경에 빠뜨리며 했던 말이야."

"으, 하지만 이건 너무 독해."

"그건 확실해. 옷을 너무 많이 껴입었네."

그녀를 침대 쪽으로 밀었다. 그녀가 술잔을 꽉 붙잡았지만 조금 흘렸다. "빌어먹을. 아직 술병에 많이 남아 있으니까."

그녀의 블라우스를 벗기기 시작했다. "찢어, 프랭크. 그날

---

9) 야드파운드법에 의한 부피 단위. 1쿼트는 약 0.95리터이다.

10) 20세기초 유명했던 토닉 워터의 상품명.

밤 했던 것처럼 벗겨 버려."

그녀의 옷을 모두 찢어 버렸다. 그녀가 몸을 꼬았고 천천히 몸을 돌렸다. 옷이 미끄러져 내려갔다. 그런 다음 그녀는 눈을 감았고 베개를 베고 누웠다. 그녀의 머리카락이 뱀처럼 곱슬거리며 어깨 너머로 흘러내렸다. 그녀의 눈은 멍들었고, 가슴은 들어 올려져 나 아닌 다른 쪽을 향하고 있었지만 부드러웠다. 두 개의 커다란 분홍색 반점처럼 퍼져 있었다. 그녀는 이 세상 모든 매춘부의 어머니 같았다. 그날 밤 악마는 제 값어치를 했다.

13장

육 개월을 계속 그렇게 보냈다. 언제나 똑같았다. 싸움을 벌였고 나는 술을 찾았다. 떠나는 일에 대해 싸웠다. 나는 그녀의 집행 유예 기간이 끝날 때까지는 캘리포니아주를 떠날 수 없겠지만, 그 후 곧바로 떠나야 한다고 생각했다. 그녀에게 얘기하지는 않았지만 나는 그녀가 새킷에게서 떨어져 있기를 바랐다. 그녀가 나 때문에 화가 나서 지난번 법정 소환 후에 했던 것처럼 정신이 나간 사람처럼 실토할까 봐 두려웠다. 한시도 그녀를 믿지 못했다. 처음에는, 특히 하와이와 남태평양 얘기를 했을 때는 그녀도 떠나는 일에 아주 열을 냈다. 그런 다음 돈이 굴러 들어오기 시작했다. 장례식 후 일주일쯤 지나 가게 문을 열었을 때 그녀가 어떻게 생겼는지 보려고 사람들이 밀려들었다. 손님들은 가게에서 좋은 시간을 보냈기 때문에 다시 왔다. 좀 더 많은 돈을 모을 기회라며 그녀는 무척 흥분했다.

"프랭크, 이 주변에 있는 도로변 식당들은 모두 다 형편없어. 캔자스인가 어디에서 농장을 하던 사람이 운영하는 것들이니 돼지를 즐겁게 해 주는 정도밖에 사람들을 즐겁게 할 줄 몰라. 누군가 나처럼 사업을 아는 사람이 마음에 들도록 노력하면 손님들이 친구들도 다 데려올 거야."

"빌어먹을 손님들. 어쨌든 팔아 치울 거야."

"돈을 벌면 팔기가 더 쉬워지겠지."

"벌고 있잖아."

"떼돈 말이야. 들어 봐, 프랭크. 야외의 나무 밑에 앉을 수 있다면 사람들이 좋아할 거라는 생각이 들어. 생각해 봐. 캘리포니아는 날씨가 이렇게 좋은데 사람들이 그걸로 뭘 하지? 에크미 점심 식당 설비 회사에서 만든 조립식 식당 안으로 사람들을 데려가지. 악취가 너무 심해서 속이 뒤집힐 지경이고. 프레즈노에서 국경선까지 똑같이 끔찍한 걸 먹게 하고 기분 좋아질 기회는 전혀 제공하지 않잖아."

"이봐. 팔아 치울 거야, 안 그래? 팔아야 할 게 적을수록 더 빨리 처분하게 돼. 물론 나무 밑에 앉아 있길 좋아하겠지. 캘리포니아 식당의 바비큐 굽는 사람이 아니라면 누구나 다 아는 사실이지. 하지만 손님들을 나무 밑에 앉히려면 테이블을 장만해야 하고 전선을 야외로 연결해 전등도 많이 달고 온갖 일을 해야 하는데 다음 번 주인이 그런 식으로 돼 있는 걸 원하지 않을지도 모르잖아."

"좋든 싫든 육 개월 동안 머물러 있어야 하잖아."

"그러니까 살 사람을 찾는데 그 육 개월을 사용하자고."

"해 보고 싶어."

"좋아, 그럼 해 봐. 하지만 난 분명히 얘기했어."

"안에 있는 테이블을 몇 개 쓸 수도 있을 거야."

"내가 해 보라고 했어, 안 그래? 자, 이제 술 마시자."

대판 싸웠던 이유는 맥주 판매 허가증 때문이었다. 그때에서야 코라가 정말로 무슨 꿍꿍이속인지 알게 됐다. 그녀는 야외의 나무 밑에 자신이 만든 작은 단을 놓고 그 위에 테이블들을 내다 놓았다. 위에 줄무늬 차일을 치고 밤에 등을 켜니 꽤 그럴듯했다. 그녀의 말이 맞았다. 사람들은 차를 타고 가다가 잠시 삼십 분 정도 나무 그늘에 앉아 은은한 라디오 음악 듣는 걸 좋아했다. 그러자 맥주 얘기가 다시 시작됐다. 예전과 똑같은 모습으로 놓아 두되 맥주를 끼워 놓는다면 비어 가든[11]이 될 거라고 그녀는 생각했다.

"분명히 얘기하는데 비어 가든 같은 건 원하지 않아. 내가 원하는 건 그저 이 가게 전부를 사면서 현찰을 지불할 녀석이지."

"하지만 그건 부끄러운 일 같아."

"내겐 아니야, 아니고말고."

"하지만, 프랭크. 허가증은 육 개월에 12달러밖에 안 해. 맙

11) 옥외에서 맥주나 청량음료 등을 파는 가게.

소사, 12달러 정도의 여유는 있어, 안 그래?"

"허가증을 얻으면 맥주 사업을 하는 거야. 이미 주유소에다가 핫도그 장사까지 하는데, 이젠 맥주 장사까지 하자는 거야? 빌어먹을. 난 깊이 빠져드는 게 아니라 빠져나오고 싶어."

"누구나 하나씩 갖고 있어."

"그만하면 됐다고. 내 의견을 말하자면 말이지."

"사람들이 오고 싶어 하고 나무 밑에 잘 차린 장소가 있는데, 이제 와 허가증이 없어서 맥주가 없다고 말해야 한단 말이야?"

"왜 당신이 그런 말을 해야 하지?"

"할 일이라곤 축전기를 설치하는 것뿐이야. 그러면 생맥주를 팔 수 있지. 병맥주보다 낫고 돈이 더 남아. 저번에 로스앤젤레스에서 예쁜 유리잔을 봐 뒀어. 길쭉하고 멋진 것들이지. 사람들이 술 따라서 마시기 좋아할 만한 거였어."

"그래서 지금 축전기와 유리잔을 구해야 한다는 거지, 안 그래? 분명히 말해 두겠는데 비어 가든 같은 건 '원하지' 않아."

"프랭크, 전에 뭔가 '되고' 싶은 적 없었어?"

"내 말 듣고 이해 좀 해 봐. 난 이곳에서 떠나 버리고 싶어. 주위를 둘러볼 때마다 매번 빌어먹을 그리스인의 유령이 달려드는 게 보이지 않고, 꿈에 그의 메아리가 들리지 않고, 라디오에서 기타 소리가 나올 때마다 매번 깜짝 놀라지 않는 다른 곳으로 가고 싶어. 떠나야만 해, 내 말 듣고 있어? 여기서 나가야만 해. 아니면 돌아 버릴 거야."

"내게 거짓말하고 있지?"

"아니야. 거짓말이 아니야. 내 평생 이보다 더 진심이었던 적은 없었어."

"당신이 그리스인의 유령을 보는 게 아니야. 그게 아니야. 다른 사람이 그걸 볼지 모르겠지만 프랭크 체임버스 씨는 아니야. 아니. 떠나 버리고 싶은 건 그냥 당신이 부랑자이기 때문이야. 그게 다야. 여기 왔을 때 당신은 부랑자였고, 지금도 마찬가지야. 우리가 떠나 돈이 다 떨어지면, 그땐 어떡할 거야?"

"무슨 상관이야? 떠나 버리면 그만이야, 안 그래?"

"바로 그거야. 당신은 상관없어. 여기 머물러 살면서……."

"알고 있어. 그게 당신의 뜻이지. 지금까지 쭉 원했던 거, 여기서 사는 거 말이야."

"그런데 왜 안 되지? 우리 잘하고 있잖아. 왜 여기서 살면 안 되지? 들어 봐, 프랭크. 당신이 날 알게 된 이래 계속 날 부랑자로 만들려고 했지만, 당신은 그렇게 하지 못할 거야. 얘기했지, 난 부랑자가 아니라고. 난 뭔가 '되고' 싶어. 여기 살자. 우린 떠나지 않아. 맥주 판매 허가증을 얻자고. 우린 꽤 벌게 될 거야."

늦은 시간이었고 옷을 반쯤 벗은 채 위층에 있었다. 지난번 법정 소환 후 했던 것처럼 코라는 주위를 서성거리고 얼굴에 그때와 똑같은 우스운 경련을 일으키며 얘기했다.

"물론이지, 살자. 당신이 말하는 대로 하자고, 코라. 자, 한잔해."

"술 싫어."

"당신은 술이 필요해. 돈 버는 거 얘기하면서 좀 더 웃어야지, 안 그래?"

"벌써 웃었어."

"하지만 더 벌 거잖아, 안 그래? 비어 가든에서 말이야. 두어 잔 마셔 버리자고, 행운을 빌면서."

"이 바보. 좋아. 행운을 위해."

일주일에 두세 번씩 이런 식이었다. 매번 숙취에서 빠져나오며 그런 꿈을 꾼다는 건 비밀이었다. 나는 무너져 내리고 있었다. 파열음이 내 귓가에 울리고 있었다.

집행 유예 기간이 만료되자마자 코라는 어머니가 아프다는 전보를 받았다. 그녀는 서둘러서 옷가지를 챙겼다. 나는 코라를 기차에 태웠다. 주차장으로 돌아오는데 내가 가스가 되어 어디론가 떠도는 듯한 우스운 기분이 들었다. 자유라는 느낌이었다. 어쨌든 일주일 동안 말다툼하거나 악몽을 쫓아 버리려고 싸우거나 술 한 병으로 여자를 기분 좋게 하려고 달랠 필요가 없을 것이었다.

주차장에서 한 여자가 차를 출발시키려 애쓰고 있었다. 차가 꿈쩍도 안 했다. 온갖 걸 다 밟아 봤지만 시동이 걸리지 않았다.

"뭐가 문제예요? 차가 안 가나 봐요?"

"사람들이 주차할 때 점화 상태로 놓아 둬서 배터리가 나가 버렸어요."

"그럼 그 사람들 책임이네요. 그들이 충전해 줘야죠."

"그래요. 하지만 난 집에 가야 하거든요."

“제가 집에 데려다 드리죠.”

“정말 친절하네요.”

“제가 세상에서 가장 친절한 놈이죠.”

“제가 어디 사는지도 모르잖아요.”

“상관없어요.”

“꽤 멀어요. 시골에 있어요.”

“멀수록 더 좋죠. 그게 어디든 바로 내가 가는 길에 있어요.”

“착한 여자라면 안 된다고 말하기 힘들게 하네요.”

“글쎄, 그럼, 그렇게 힘들면, 말하지 말아요.”

여자의 머리카락은 옅은 색이었다. 나보다 나이가 조금 더 많은 것 같았다. 얼굴이 못생기지는 않았다. 하지만 날 사로잡은 것은 그녀가 아주 친절한 데다가 나를 마치 어린아이나 뭐 그쯤으로 알아서 전혀 두려워하지 않는다는 점이었다. 여자는 처신하는 법을 잘 알고 있었는데, 그건 척 보면 알 수 있다. 게다가 끝내줬던 건 내가 누군지 그녀가 알지 못한다는 사실을 알게 되었을 때였다. 밖으로 나가는 길에 서로의 이름을 얘기했는데, 여자는 내 이름을 듣고도 아무렇지도 않은 듯했다. 맙소사, 참, 이런, 그래서 얼마나 안심이 됐던지. 테이블에 잠깐 앉으라고 한 다음 그리스인 살해 사건 소송의 진상을 알려 달라고 하지 않는 세상에서 유일한 한 사람이었다. 나는 그녀를 바라봤다. 기차에서 걸어 나올 때와 마찬가지로 내가 가스로 변해 운전대 뒤에서 떠오르는 느낌이었다.

“그러니까, 당신 이름은 매지 앨런이네요?”

"글쎄, 사실은 크레이머지만 남편이 죽은 후 내 성을 다시 써요."

"자, 들어 봐요, 매지 앨런, 아니 크레이머, 당신이 어떤 이름을 쓰길 원하든 간에, 당신에게 하고 싶은 작은 제안이 있는데요."

"그래요?"

"이 차를 빙 돌려서 남쪽을 향한 다음, 당신과 내가 작은 여행을 일주일쯤 하자면 당신은 뭐라고 말하겠어요?"

"오, 그렇게 할 수 없겠는데요?"

"왜 안 돼요?"

"오, 그냥 할 수 없어, 그뿐이에요."

"내가 맘에 들죠?"

"물론 맘에 들어요."

"자, 나도 당신이 맘에 들어요. 뭐가 우릴 가로막고 있죠?"

그녀가 뭔가를 말하려다가 입을 다물더니 웃었다.

"고백할게요. 좋아요, 그러고 싶어. 맞았어. 내가 그러면 안 되는 거라 할지라도, 왜 그런지는 내게 아무 의미도 없어. 하지만 여행을 떠날 수 없어요. 고양이들 때문이에요."

"고양이들?"

"고양이가 많아요. 내가 바로 고양이를 돌보는 사람이고. 그게 집에 가야만 하는 이유예요."

"글쎄, 애완동물 보호소가 있잖아요, 안 그래요? 거기 전화해서 가져가라고 하면 되죠."

그 말에 그녀가 우스워했다. "고양이들을 본 애완동물 보호소 사람 얼굴이 보고 싶네. 그런 종류의 고양이가 아니에요."

"고양이는 고양이지, 안 그래요?"

"정확히 말하자면 아니에요. 어떤 놈은 크고 어떤 놈은 작아요. 내가 키우는 고양이들은 커요. 애완동물 보호소가 우리 사자를 잘 다루지 못할 것 같은데. 아니면 호랑이들, 아니면 퓨마, 아니면 재규어 세 마리. 그놈들이 제일 나빠요. 재규어는 끔찍한 고양이예요."

"아이고 맙소사. 그런 걸 데리고 뭐 해요?"

"아, 영화에 출연시켜요. 새끼도 팔고. 개인 동물원을 가진 사람들이 있거든요. 그놈들이 주변에 있으면 손님이 꼬여요."

"내 장사에는 사람들이 꼬이지 않겠네."

"음식점을 갖고 있어요. 사람들이 그놈들을 구경하러 오거든요."

"음식점이라고? 여봐, 내가 갖고 있는 게 그거라고요. 빌어먹을 나라 전체가 서로서로 핫도그를 팔아먹고 사네."

"글쎄 어쨌든 고양이를 버리고 갈 수는 없어요. 그놈들을 먹여야 하거든."

"빌어먹을, 그럴 수는 없지. 괴벨에 전화해서 와서 가져가라고 얘기합시다. 100달러면 우리가 가 있는 동안 전부 다 돌봐줄 거야."

"나하고 여행하는 게 당신에게 100달러의 가치가 있어요?"

"정확하게 100달러의 가치가 있죠."

"오, 세상에. 그러면 내가 안 된다고 할 수 없겠네. 괴벨에 전화하는 게 좋겠네요."

그녀를 자기 가게에 내려놓고, 공중전화를 찾아 괴벨에 전화를 걸고 집에 돌아와 문을 닫았다. 그런 다음 그녀를 찾아갔다. 어두워질 무렵이었다. 괴벨에서 트럭을 보내 줬고 줄무늬와 점박이를 가득 태우고 돌아가는 걸 보았다. 나는 도로 아래쪽 100미터쯤 떨어진 곳에 주차했다. 곧 그녀가 작은 여행용 손가방을 들고 나타났다. 나는 그녀가 차에 타는 걸 도와줬고, 우리는 출발했다.

"좋아?"

"아주 좋아."

칼리엔테까지 내려갔다. 다음 날 해안을 따라 아래로 110킬로미터쯤 떨어진 작은 멕시코 마을인 엔세나다까지 계속 길을 따라 내려갔다. 거기서 작은 호텔에 투숙했고 사나흘 보냈다. 아주 좋았다. 엔세나다는 모든 게 멕시코식이어서, 미국에서 100만 킬로미터 떨어진 느낌이 든다. 방에 작은 발코니가 있었다. 오후에는 그냥 거기 누워 바다를 보며 시간을 흘려보냈다.

"이봐, 고양이라니. 그걸로 뭐 해, 훈련시키나?"

"우린 그런 종류는 없어. 우수한 종들은 아니니까. 호랑이 빼고 다 망나니야. 하지만 난 사실 훈련시켜."

"그놈들 좋아해?"

"진짜 큰 놈은 별로야. 하지만 퓨마는 좋아. 언젠가 함께 공연할 작정이고. 하지만 많이 필요하겠지. 정글 퓨마 말이야. 동물원에서 보는 그런 망나니 말고 말이야."

"뭐가 망나니야?"

"사람을 죽이려는 놈."

"그놈들이 다 그러지는 않겠지?"

"그럴지도 모르지만, 어쨌든 망나니는 정말로 그래. 사람으로 치면 미친놈이겠지. 가둬 놓고 키우면 그런 놈이 나와. 이놈들은 고양이처럼 생겼지만 실제로는 미친 고양이인 거야."

"정글 고양이라는 걸 어떻게 알아볼 수 있지?"

"내가 정글에서 잡았으니까."

"당신이 '산 채로' 잡았다는 말이야?"

"물론. 죽으면 쓸모없어."

"아이고 맙소사. 어떻게 그렇게 하지?"

"음, 우선 배를 타고 니카라과로 내려가. 진짜 괜찮은 퓨마는 다 니카라과에 있거든. 캘리포니아와 멕시코 것들은 그에 비하면 그저 이류일 뿐이야. 그런 다음 인디언 소년 몇 명을 고용해서 산에 올라가. 그리고 퓨마를 잡아. 그러고 나서 데리고 돌아오지. 하지만 이번에는 한동안 함께 머물며 훈련시키는 거야. 여기 말고기보다 거기 염소 고기가 싸거든."

"출발할 준비가 다 된 것처럼 들리는데."

"준비는 돼 있지."

그녀가 포도주를 조금 빨더니 나를 한참 바라봤다. 길고 가는 빨대로 포도주를 빨아 입 안으로 뿜어 넣는다. 입안을 시원하게 만들려는 것이다. 그녀는 두세 번 포도주를 빨아 마셨고 그럴 때마다 나를 바라봤다.

"당신이 준비됐으면 나도 그래."

"제기랄, 뭐야? 빌어먹을 걸 잡으러 내가 당신과 함께 갈 거라고 생각하는 거야?"

"프랭크, 나 돈 꽤 많이 가져왔어. 저놈의 정신 나간 고양이들을 괴벨 보호소에 맡겨 버리고, 얼마든 주는 대로 당신 차를 팔아 버려. 그리고 나와 고양이 사냥이나 떠나자고."

"그렇게 해."

"당신도 그러겠다는 말이지?"

"언제 출발하지?"

"내일 여기서 떠나는 화물선이 있는데 발보아항까지 간대. 거기서 괴벨로 전보를 쳐. 당신 차는 여기 호텔에 두고 가면 되고. 팔아서 받는 대로 보내 주겠지. 이게 멕시코인의 한 가지 좋은 점이야. 행동은 느리지만 정직하거든."

"좋아."

"우와, 기뻐."

"나도 그래. 핫도그와 맥주와 치즈를 곁들인 애플파이에 너무 질려서 전부 강에 던져 버릴 참이었거든."

"당신도 좋아할 거야, 프랭크. 산 위 시원한 곳에 자리를 잡고 공연할 준비가 다 되면 전 세계를 돌아다닐 수 있을 거야. 마음 내키는 대로 가고, 마음 내키는 대로 행동하고, 돈도 넉넉하니 마음껏 쓰고. 당신, 약간 집시 같은 면이 있지?"

"집시라고? 태어날 때부터 귀고리를 하고 있었다니까."

그날 밤 나는 잠을 잘 이루지 못했다. 날이 밝을 무렵에는 완전히 깨어 눈을 뜨고 있었다. 그때 니카라과가 아주 멀리 있는 건 아니라는 생각이 들었다.

14장

기차에서 내릴 때 그녀는 키가 커 보이는 검은 드레스에 검은 모자를 쓰고 검은 신발과 스타킹을 신고 있었다. 트렁크를 싣는 동안 코라는 그녀답지 않게 행동했다. 우리는 출발했다. 몇 킬로미터를 가는 동안 둘 다 별 말이 없었다.

"왜 돌아가셨다는 걸 알려 주지 않았어?"

"그런 걸로 귀찮게 하고 싶지 않았어. 어쨌든 할 일이 많았으니까."

"지금 나는 아주 기분이 나빠, 코라."

"왜?"

"당신이 떠나 있는 동안 여행을 갔어. 샌프란시스코까지 올라갔지."

"그런데 왜 기분이 나빠?"

"모르겠어. 당신이 아이오와에 있고, 당신 어머니는 돌아가시고, 모든 게 말이야. 그러는 동안 난 샌프란시스코에 올라가 좋은 시간을 보냈다고."

"왜 기분이 나쁜지 모르겠네. 당신이 여행했다니 나도 기뻐. 그런 생각이 났다면, 떠나기 전에 얘기했을 거야."

"사업상 손해가 좀 있었어. 문을 닫았거든."

"괜찮아. 다시 회복돼."

"당신이 떠나니까 안절부절못하겠더라고."

"아이고 맙소사, 신경 안 써."

"여봐, 당신은 힘든 시간이었을 것 같은데?"

"아주 즐겁지는 않았지. 하지만 어쨌든 끝났어."

"집에 가면 한잔 만들어 줄게. 당신에게 주려고 멋진 걸 구해 놨어."

"술 마시고 싶지 않아."

"마시면 기분이 좋아질 거야."

"더 이상 안 마셔."

"그래?"

"얘기해 줄게. 얘기가 길어."

"많은 일이 있었던 것 같군."

"아니, 아무 일 없었어. 그저 장례식뿐이었어. 하지만 할 이야기가 많아. 앞으로 더 잘 지내 볼 생각이야."

"글쎄, 제발, 뭐야?"

"지금 말고. 당신 가족은 봤어?"

"뭣 때문에?"

"음, 어쨌든, 좋은 시간이었지?"

"괜찮았어. 혼자 지낸 것치고는 좋았어."

"정말 신나는 시간이었나 봐. 하지만 당신이 그랬다니 나도 기뻐."

우리가 집에 도착하니, 차가 앞에 주차돼 있고 한 사내가 안에 앉아 있었다. 그가 얼굴에 바보 같은 미소를 지으며 밖으로 나왔다. 케네디였다. 카츠의 사무실에 있던 녀석이다.

"당신, 나 기억해요?"

"물론 기억하죠. 들어와요."

그를 데리고 안으로 들어갔다. 코라가 나를 부엌으로 잡아끌었다.

"뭔가 잘못됐어, 프랭크."

"잘못됐다니 무슨 뜻이야?"

"모르겠어. 하지만 느낌이 그래."

"내가 얘기해 보는 게 좋겠어."

나는 그에게로 돌아갔다. 그녀는 맥주를 갖다주더니 우리 둘만 남기고 나가 버렸다. 무슨 사정인지 바로 물어보았다.

"아직도 카츠하고 일해요?"

"아뇨, 그만뒀어요. 말다툼이 좀 있어서 내가 나와 버렸죠."

"지금은 뭐 해요?"

"아무것도 안 해요. 사실은 그것 때문에 당신을 만나러 왔어요. 전에도 한두 번 왔는데 아무도 집에 없더군요. 하지만 이번에는 당신이 돌아왔다는 소리를 들었죠. 그래서 근처에서 기다렸어요."

"내가 할 수 있는 게 뭐든지 그저 말만 하세요."

"돈 좀 얻었으면 하는데요."

"얼마든지요. 물론 많이 갖고 있지는 않지만 50달러나 60달러 정도가 도움이 된다면, 기꺼이 드리죠."

"좀 더 해 줬으면 하는데."

그는 여전히 얼굴에 미소를 짓고 있었다. 페인팅을 하고 잽을 날리는 일을 그만두고, 그가 의도하는 게 뭔지 알아내야 할 때라고 짐작했다.

"자, 케네디. 뭐예요?"

"상황이 어떤지 얘기하죠. 내가 카츠를 떠났소. 그런데 그 서류, 파파다키스 부인을 위해 내가 작성했던 그것이 여전히 서류철에 있었지, 알겠소? 애인의 문제라는 것 등을 생각하면 그런 게 주변에 널려 있는 걸 당신이 원하지 않으리라는 걸 알았지요. 그래서 내가 가져갔소. 아마 당신이 그걸 돌려받고 싶어 할 거라고 생각했죠."

"그녀가 자백이라고 불렀던 저 요란한 몽상을 말하는 거요?"

"바로 그거요. 물론 별 게 아니라는 걸 알지만 당신이 돌려받고 싶어 할지도 모른다고 생각했소."

"그걸로 얼마를 원해요?"

"글쎄, 얼마를 지불하겠소?"

"아, 모르겠네요. 당신 말대로 별거 아니지만 100달러 정도는 줄 수도 있겠네요. 물론이죠. 그 정도 지불하겠어요."

"그보다 더 큰 가치가 있다고 생각하는데."

"그래요?"

"스물다섯 장이라고 예상했소."

"당신 미쳤어요?"

"아니, 미치지 않았소. 카츠에게서 열 장 받았지? 가게에서도 좀 벌었고. 한 다섯 장이라고 짐작해. 그다음 부동산으로 은행에서 열 장 얻어 낼 수 있겠지. 파파다키스가 열네 장 지불했으니까 당신은 열 장은 얻어 낼 수 있을 것 같단 말이지. 자, 그러니까 스물다섯 장이 되네."

"그냥 그걸로 날 완전히 발가벗길 작정이요?"

"그럴 가치가 있잖소."

나는 움직이지 않았지만 틀림없이 눈을 깜빡거렸을 것이다. 그가 호주머니에서 권총을 홱 끄집어내서 내게 겨누었으니.

"아무 짓도 하지 마, 체임버스. 첫째로 내가 지금 그 서류를 갖고 있지 않아. 둘째로 무슨 짓이든 시작하면 한 방 먹일 거야."

"아무 짓도 안 해요."

"글쎄, 안 그러는지 보자고."

그는 계속 내게 총을 겨누었고 나는 계속 그를 바라봤다.

"당신에게 걸려든 것 같네요."

"같은 게 아니라, 분명히 그래."

"하지만 액수를 너무 높게 잡았어요."

"계속해, 체임버스."

"카츠에게서 열 장 받은 건 맞아요. 그리고 아직도 갖고 있죠. 가게에서 다섯 장 벌었지만, 지난 이 주 동안 한 장 썼어요. 코라가 어머니 장례식 치르러 다녀왔고 나도 여행했죠. 그게 문을 닫았던 이유요."

"그래서, 계속 얘기해."

"그런데 부동산으로 열 장 얻어 낼 수 없어요. 지금 이 상태면 다섯 장도 못 얻을 거요. 네 장이라면 몰라도."

"계속해 봐."

"맞아요, 열, 넷 그리고 넷. 전부 하면 열여덟 장이네요."

그가 한동안 총신을 내려다보며 씩 웃더니 고개를 들었다. "좋아, 열여덟 장. 돈을 준비해 두면 내일 전화하겠어. 그 돈으로 뭘 해야 할지 얘기해 주지. 시키는 대로 하지 않으면 저 물건은 새킷에게 갈 거야."

"너무하는군. 하지만 당신에게 걸려들었어."

"내일 12시, 그때 전화하겠어. 은행 갔다 돌아올 시간이 되겠지."

"좋소."

그가 여전히 내게 총을 겨눈 채 뒷걸음질 쳐서 문으로 갔다. 늦은 오후였는데 막 어두워지기 시작하고 있었다. 그가 뒤로 물러나는 동안 나는 아주 의기소침한 듯 벽에 몸을 기댔다. 그가 문 밖으로 반쯤 나갔을 때 간판의 전선을 끊었다. 그의 눈앞에서 불빛이 번쩍했다. 그가 비틀거렸다. 그때 그에게 한 방 먹였다. 그가 쓰러졌고 내가 올라탔다. 그의 손을 비틀어 총을 뺏어 식당에 던지고 다시 그를 쳤다. 그런 다음 그를 안으로 끌고 들어가며 문을 발로 차서 닫았다. 그녀가 거기서 있었다. 그녀는 줄곧 문에서 듣고 있었다.

"총 잡아."

그녀가 총을 집어 들고 거기 서 있었다. 나는 그를 일으켜 세웠고 테이블 위로 던져 몸을 젖혀지게 했다. 그런 다음 그를 두드려 팼다. 그가 정신을 잃자 물 한 잔을 갖고 와 얼굴에 부었다. 곧 그가 정신을 차렸고 나는 다시 때렸다. 그의 얼굴이 생고기 같아 보이고 미식축구 시합 마지막 쿼터의 어린 선수처럼 일그러졌을 때야 멈췄다.

"정신 차려, 케네디. 전화로 친구에게 얘기하는 거야."

"친구가 없소, 체임버스. 맹세해, 내가 그걸 아는 유일한 사람이야……."

그에게 한 방 먹였고, 전부 다시 했다. 그는 친구가 없다고 계속 얘기했다. 그래서 그에게 암록[12]을 걸고 위로 꺾어 올렸다. "좋아, 케네디. 그래도 친구가 없다면, 팔을 부러뜨리겠어."

생각했던 것보다 그는 오래 버텼다. 있는 힘을 다해 그의 팔을 꺾었는데, 정말로 부러뜨릴 수 있을지 의문이었다. 부러졌던 곳이 있어서 내 왼팔은 아직도 약했다. 튼튼한 칠면조의 두 번째 관절을 부러뜨리려고 해 본 적이 있다면, 아마 해머록[13]으로 사람의 팔을 부러뜨리는 게 얼마나 힘든지 알 것이다. 하지만 갑자기 그가 전화하겠다고 말했다. 그를 풀어 줬고 무슨 말을 해야 하는지 얘기했다. 그런 다음 그를 부엌 전화기 앞에 데려다 놓고 여닫이문 밑으로 식당 전화기를 끌어당겼다. 나는 그의 모습을 보면서 그가 무슨 말을 하고, 그들이 무

12) 레슬링의 팔 조르기 기술.

13) 레슬링의 팔을 등 뒤로 비틀어 꺾기 기술.

슨 말을 하는지 들을 수 있었다. 코라도 총을 들고 우리가 있는 곳으로 들어왔다.

"내가 신호하면 한 방 먹여."

그녀가 몸을 뒤로 기대며 입가에 얼핏 오싹한 미소를 지었다. 그 미소가 내가 했던 어떤 짓보다 케네디를 더 겁먹게 했다고 생각한다.

"한 방 먹이지."

그가 전화했고 한 녀석이 받았다. "너야, 윌리?"

"팻?"

"나야. 들어 봐. 다 끝났어. 그걸 갖고 얼마나 빨리 여기로 올 수 있어?"

"내일, 우리가 말했던 것처럼."

"오늘 밤에 안 되겠어?"

"은행이 닫힌 시간인데 어떻게 대여 금고에 들어가?"

"알았어. 그럼 내가 시키는 대로 해. 잘 들어, 우선 내일 아침 그걸 갖고 여기로 와. 난 그의 가게에 와 있어."

"그의 '가게'라니?"

"내 말 잘 들어, 윌리. 우리에게 걸려들었다는 걸 그자도 알아, 알겠어? 하지만 그가 돈을 내야 한다는 걸 여자가 알아 낼까 봐 두려워해. 여자가 그렇게 하도록 내버려 두지 않을 테니까, 알아들겠어? 그가 떠나면 뭔 일이 벌어졌다는 걸 여자가 알게 될 테고, 어쩌면 그와 같이 가겠다는 생각을 할지도 모른다고. 그래서 모든 일을 여기서 처리하고 있어. 나는 그저 이 가게에 딸린 모텔에서 하룻밤 머무는 사람이야. 그리고 여자는 아무것도 몰라. 내일, 넌 그냥 내 친구로 오는 거야. 그렇게 결정했어."

"그가 거길 떠나지 않는다면 돈을 어떻게 구해?"

"그게 다 됐다니까."

"빌어먹을, 도대체 뭣 때문에 밤새 거기 있겠다는 거야?"

"그럴 이유가 있어, 윌리. 그가 여자에 대해 말하는 거 말이야, 그거 구실일지도 모르잖아. 그렇지 않을 수도 있고, 알겠어? 하지만 내가 여기 있다면 아무도 도망갈 수 없지, 알아들어?"

"네가 말하는 거 그가 들을 수 있어?"

케네디가 나를 바라봤다. 나는 그렇다고 고개를 끄덕였다. "그가 바로 여기 나와 함께 공중전화 부스 안에 있어. 그가 내 말을 들었으면 해, 알아듣겠어, 윌리? 우리가 진심이라는 걸 이 사람이 알았으면 한다고."

"하는 짓이 우스워, 팻."

"잘 들어 봐, 윌리. 너는 몰라, 나도 몰라, 우리 둘 중 누구도 그가 정직한지 아닌지 모른다고. 하지만 아마 정직할지도 모르니까 그에게 기회를 주자는 거야. 빌어먹을, 녀석이 자발적으로 돈을 주겠다면 그가 하자는 대로 해야겠지, 안 그래? 바로 그거야. 넌 내가 얘기하는 대로 해. 아침에 될 수 있는 대로 빨리 여기로 갖고 와. 될 수 있는 한 빨리, 알아들어? 내가 하루 종일 여기서 왜 빌어먹게 빈둥거리는지 여자가 궁금해하면 곤란하니까."

"알았어."

케네디가 전화를 끊었다. 내가 다가가서 그에게 한 방 먹였다. "이건 그냥 그가 다시 전화 걸었을 때 얘기 잘하라는 뜻이야. 알아들었어, 케네디?"

"알아들었어."

잠시 후 윌리에게 전화가 걸려왔다. 내가 받았다. 케네디가 전화기를 들고 아까와 똑같은 말을 더 오래 지껄였다. 이번에는 자신이 혼자 있다고 말했다. 윌리는 썩 내키지 않아 했지만 받아들여야만 했다. 그런 다음 케네디를 데리고 1호실로 돌아갔다. 코라가 함께 왔고 내가 총을 받았다. 케네디를 안에 가두자마자, 그녀와 함께 밖으로 걸어 나와 키스해 줬다.

"이건 위기였을 때 잘했기 때문이야. 이제 잘 들어 봐. 저 녀석을 잠시도 내버려 두지 않을 거야. 밤새 여기 나와 있을 거고. 또 다른 전화가 오겠지. 전화를 받도록 그를 데리고 들어가야 하겠지. 당신은 가게를 열어 두는 게 좋겠어. 비어 가든 말이야. 누구도 안으로 들이지는 마. 친구가 염탐할지도 몰라서 그러니까. 당신은 대기하면서 평소처럼 일하는 거야."

"좋아. 그런데 프랭크."

"응?"

"다음에 내가 잘난 척하려고 하면, 턱에다 한 방 먹여 줄 수 있어?"

"무슨 말이야?"

"떠나 버렸어야 했어. 이제야 그걸 알겠어."

"빌어먹을, 당연히 그랬어야 했어. 그런데 이걸 해결하기 전까지는 아니야."

그러자 그녀가 내게 키스했다. "당신을 아주 많이 좋아하는 것 같아, 프랭크."

"잘될 거야. 걱정 마."

"걱정 안 해."

밤새도록 나는 그와 함께 있었다. 음식도 주지 않았고 잠도 자지 못하게 했다. 두세 번 윌리와 통화했고, 한번은 윌리가 나와 얘기하고 싶어 했다. 내가 얘기한 대로 우리는 잘 해내고 있었다. 그러는 짬짬이 케네디를 두드려 패곤 했다. 힘든 일이었다. 하지만 서류가 여기 도착하기를 그가 간절히 바라게 하려는 뜻이었다. 케네디가 수건으로 얼굴의 피를 닦아 내는 동안 옥외의 비어 가든에서 라디오 소리가 계속됐고 사람들이 웃고 얘기하는 소리가 들렸다.

다음 날 아침 10시쯤 코라가 방으로 왔다. "그들이 온 거 같아. 세 명이야."

"데리고 들어와."

코라가 총을 집어 들더니 그들이 눈치채지 못하도록 허리띠 안에 쑤셔 넣고 나갔다. 곧 뭔가 넘어지는 소리가 들렸다. 패거리들 중 하나였다. 코라는 그들에게 손을 들고 뒷걸음질로 걸으라고 명령했는데, 한 명이 콘크리트 보도에 발뒤꿈치가 걸려 넘어졌다. 내가 문을 열었다. "신사 분들, 이쪽입니다."

여전히 손을 든 채 그들이 들어왔다. 코라가 뒤따라 들어와 내게 총을 건넸다. "모두 다 총을 갖고 있었지만, 뺏어서 식당에 뒀어."

"가져오는 게 좋겠어. 다른 친구들이 있을지도 모르니까."

코라가 나가서 곧 총을 갖고 돌아왔다. 탄창을 빼내 내 옆 침대에 올려놓았다. 그런 다음 그녀가 그들의 주머니를 뒤졌다. 금방 서류를 찾아냈다. 웃기는 점은 다른 봉투 안에 복사본이 있었다는 것이다. 여섯 장의 사진과 한 장의 원판 필름이었다. 그들은 우리를 계속 등쳐 먹을 작정이었으면서 나타날 때 복사본도 가져올 만큼 멍청했다. 나는 원판과 복사본들을 모두 갖고 나가 땅에 놓고 구겨 버린 다음 성냥을 갖다 댔다. 다 탄 재를 밟아 먼지로 만들고 돌아왔다.

"좋았어, 여러분. 나가는 길을 안내해 주지. 무기는 여기 보관하겠어."

그들을 차 있는 곳까지 데리고 나갔다. 그들이 떠나고 안으로 돌아왔는데 코라는 거기에 없었다. 다시 밖으로 나왔지만 거기에도 없었다. 위층으로 올라갔다. 그녀가 우리 방에 있었다. "자, 우리가 해냈어, 안 그래? 저게 마지막이었어, 복사본도 원본도 모두 말이야. 난 그것도 걱정했거든."

그녀는 아무 말도 하지 않았다. 그녀의 눈빛이 묘했다. "뭐가 문제야, 코라?"

"그래서 저게 마지막이다, 그거지? 복사본이니 뭐니 모두 말이야. 근데 내겐 그게 마지막이 아니야. 그만큼 좋은 복사본이 내게 100만 장이나 있어. 지미 듀란트.[14] 내게 100만 개나

14) 제임스 프랜시스 듀란트(James Francis Durante, 1893~1980). 1920년대부터 1970년대까지 인기 있었던 연예인.

있다고. 내가 질린 것 같아?"

그녀가 큰 소리로 웃으며 침대에 털썩 주저앉았다.

"좋아. 그저 나를 잡기 위해 목에 올가미를 걸 만큼 당신이 어리석은 사람이라면, 당신은 복사본을 100만 장이나 갖고 있지. 물론 당신은 갖고 있어. 그런 걸 100만 장이나 말이야."

"오, 아니지. 그게 멋진 부분이야. 내 목에 올가미를 걸 필요가 전혀 없어. 카츠 씨가 당신에게 얘기해 주지 않았던가? 일단 과실 치사로 해 버린 이상 내게 더 이상 어떤 짓도 할 수 없어. 헌법인가 어딘가에 있대. 오, 아니지, 프랭크 체임버스 씨. 당신이 교수형을 당하더라도 내게는 눈곱만큼도 손해가 없어. 그리고 그게 당신이 당할 일이지. 교수형, 교수형, 교수형."

"도대체 당신, 왜 열 받았어?"

"모르겠어? 어젯밤 당신 친구가 왔어. 그 여자는 날 알지도 못하던데. 밤에 여기 머물렀지."

"어떤 친구?"

"당신과 멕시코로 함께 갔던 친구. 내게 다 얘기해 줬어. 이제 우린 좋은 친구지. 그 여자는 좋은 친구가 되는 게 좋겠다고 생각했나 봐. 내가 누군지 알아낸 뒤엔 내가 자기를 죽일지도 모른다고 생각했대."

"지난 일 년 동안 멕시코에 갔던 적이 없어."

"오, 아니, 당신은 갔어."

코라가 밖으로 나가 내 방에 들어가는 소리가 들렸다. 그녀는 새끼 고양이를 데리고 돌아왔다. 하지만 이 새끼 고양이는 보통 고양이보다 컸다. 회색 점박이였다. 내 앞 탁자에 올려놓자 그르렁거리기 시작했다. "당신들이 여행하는 동안 퓨마가 새끼를 낳았대. 자기를 기억하라고 그 여자가 당신에게 한 마리 갖고 왔지."

그녀가 벽에 몸을 기대고 다시 웃기 시작했다. 미친 듯이 요란한 웃음이었다. "그런데 고양이가 돌아왔네! 두꺼비집을 밟고 죽어 버렸는데, 여기 다시 와 있네! 하, 하, 하, 하, 하! 우습지 않아? 고양이가 당신에게 얼마나 재수 없는지 말이야."

15장

그녀가 기진해 있더니, 울기 시작했다. 얼마 후 울음을 멈춘 그녀가 아래층으로 내려갔다. 그녀를 따라 나도 바로 내려갔다. 그녀가 큰 종이 상자의 뚜껑을 뜯었다.

"애완 동물 보금자리를 만들어, 자기."

"당신 멋져."

"내가 무슨 짓을 할 거라고 생각했어?"

"아무 생각 안 했어."

"걱정 마. 새킷 씨에게 전화 걸 때가 오면 알려 줄게. 맘 놓으라고. 있는 힘을 다 짜내야 할 테니까."

고운 대팻밥을 상자에 넣고 그 위에 모직 천을 깔았다. 위층으로 갖고 올라가 그 안에 퓨마를 넣었다. 잠시 울던 퓨마는 이내 잠이 들었다. 아래층으로 내려가 콜라를 마셨다. 트림이

나오기도 전에 코라가 문 앞에 와 있었다.

"기운 좀 내려고 그냥 뭐 좀 마시려던 중이야, 자기."

"잘했어."

"내가 무슨 짓 한다고 생각했어?"

"아니."

"걱정 마. 도망칠 준비가 되면 알려 줄게. 맘 놓으라고. 당신도 있는 힘을 다 짜내야 할 테니까."

그녀가 내게 이상한 표정을 짓더니 위층으로 올라갔다. 코라가 새킷에게 전화할지도 모른다는 두려움에 내가 그녀를 따라다니고, 내가 도망칠지도 모른다는 두려움에 코라가 나를 따라다니는 상태가 하루 종일 이어졌다. 가게 문도 열지 않았다. 살금살금 걸어 다니는 사이사이, 우리는 위층 방에 앉아 있곤 했다. 우리는 서로를 바라보지 않았다. 퓨마만 바라봤다. 그놈이 야옹거리면 코라가 우유를 가지러 아래로 내려갔고 그럴 때마다 나도 함께 갔다. 퓨마는 우유를 말끔히 핥아 먹은 후 잠이 들곤 했다. 너무 어려서 많이 놀지도 못했다. 대부분의 시간에 야옹거리거나 잠을 잤다.

그날 밤 아무 말 없이 나란히 누워 있었다. 잠들었던 게 틀림없다. 꿈을 꿨으니까. 그러다 아주 갑자기 잠에서 깼다. 제대로 잠에서 깨기도 전에 아래층으로 달려갔다. 나를 깨웠던 건 전화 다이얼 소리였다. 그녀는 옷을 다 차려입고 모자를 쓰고 식당 전화기 앞에 앉아 있었다. 그녀 바로 옆 바닥에는 모자 상자 꾸러미가 있었다. 나는 수화기를 들자마자 거칠게 내려놓았다. 코라의 어깨를 잡아당기면서 여닫이 문을 지나 위층으로 밀고 올라갔다. "저기로 올라가! 저기로 올라가! 안 그러면 내가……."

"안 그러면 당신이 뭘?"

전화가 울렸고 내가 받았다.

"여보세요. 말씀하세요."

"택시 회사입니다."

"아, 아, 제가 걸었어요. 택시 회사죠? 하지만 마음이 바뀌었어요. 필요 없어요."

"알겠습니다."

위층에 올라갔을 때 코라는 옷을 벗고 있었다. 그녀는 침대로 돌아갔고 아무 말 없이 다시 오랫동안 누워 있었다. 그러다 그녀가 입을 열었다.

"안 그러면 당신이 뭘?"

"당신에게 뭘 할 거냐고? 아마 턱에다 한 방 먹이겠지. 어쩌면 다른 짓일 수도 있고."

"다른 짓이지, 안 그래?"

"지금 무슨 말이 하고 싶은 거야?"

"프랭크, 무슨 짓 하고 있었는지 알아. 거기 누워서 날 죽일 방법을 생각하고 있었지?"

"자고 있었어."

"거짓말하지 마, 프랭크. 나도 당신에게 거짓말하지 않을 테니까. 그리고 당신에게 할 말이 있어."

어떻게 죽일지 오랫동안 생각했다. 그게 바로 내가 했던 짓이었다. 그녀 바로 옆에 누워 그녀를 죽일 방법을 생각해 내려고 애썼다.

"그래, 맞아. 그랬어."

"알고 있었어."

"당신은 뭐가 더 나은가? 날 새킷에게 넘기려고 하지 않았어? 똑같은 거 아닌가?"

"그래."

"그러면 비겼네. 다시 비겼네. 출발점으로 바로 돌아왔네."

"아주 그렇지는 않아."

"오, 아니, 우린 그래." 그때 나는 조금 지쳤고, 그녀의 어깨에 머리를 기댔다. "그게 바로 우리의 현실이야. 우리가 원하면 뭐든지 할 수 있지. 스스로를 속일 수도 있고 돈에 대해 웃어넘길 수도 있고 침대에 함께 있는 악마가 얼마나 신나는 녀석인지 야단법석 떨 수도 있어. 하지만 그게 바로 우리의 현실이야. 그 여자와 떠나려고 했어, 코라. 고양이를 잡으러 니카라과로 가고 있었다고. 그런데 떠나 버리지 않은 이유는 돌아와야 한다는 걸 알고 있었기 때문이야. 우린 서로 사슬로 묶여 있어, 코라. 우린 산꼭대기에 있다고 생각했지. 그게 아니었어. 산이 우리 위에 있었고, 그날 밤 이래로 산은 언제나 거기 있었어."

"그게 당신이 돌아온 유일한 이유야?"

"아니. 그건 당신과 나 때문이야. 다른 사람은 없어. 당신을 사랑해, 코라. 하지만 당신이 사랑 안에서 두려움을 느낄 때 사랑은 더 이상 사랑이 아니야. 그건 미움이야."

"그러면 날 미워해?'

"모르겠어. 하지만 우린 적어도 평생에 단 한 번, 진실을 말하고 있잖아. 그게 돌아온 이유의 일부야. 당신도 그걸 알아야 돼. 그리고 내가 여기 누워 생각하고 있었던 것, 그것도 이유야. 이제 당신도 알고 있지."

"당신에게 할 말이 있다고 얘기했지, 프랭크."

"아."

"아기를 가졌어."

"'뭘'?"

"떠나기 전에 설마 했는데, 어머니가 돌아가신 직후 확실해졌어."

"빌어먹을, 그런 말을 하다니. 빌어먹을, 그런 말을 하다니. 이리 와. 키스해 줘."

"아니. 제발. 이걸 얘기해야만 돼."

"얘기하지 않았던가?"

"내 말은 그게 아니야. 이제 내 말 들어 봐, 프랭크. 장례식이 끝나기를 기다리면서 거기 있는 내내 그걸 생각해 봤어. 아기가 우리에게 무슨 의미가 있을지 말이지. 우리가 한 생명을 죽였기 때문이야, 안 그래? 그런데 우리가 이제 한 생명을 돌려주려고 하고 있어."

"그건 맞아."

"내 생각은 모두 뒤죽박죽이었어. 하지만 그 여자와의 일을 알고 난 뒤로는 더 이상 뒤죽박죽이 아니었어. 새킷에게 전화 걸 수 없었어, 프랭크. 그에게 전화 걸 수 없었어. 왜냐하면 이 아기를 낳고, 그런 다음 내가 아버지를 살인죄로 교수형에 처하게 했다는 걸 알게 해야 하니까."

"당신은 새킷을 만나러 가려고 했어."

"아니, 그렇지 않아. 떠나 버리려고 했어."

"그게 새킷을 만나러 가지 않았던 유일한 이유였어?"

그녀는 한참 시간을 끌다가 대답했다. "아니, 당신을 사랑해, 프랭크. 당신이 그걸 안다고 생각해. 하지만 어쩌면 이런 일이 없었더라면 그를 만나러 갔을지도 몰라. 그냥 당신을 사랑하기 '때문이지.'"

"그 여자는 내게 아무런 의미도 없었어, 코라. 왜 그랬는지 말했잖아. 그저 도망친 거라고."

"알아. 내내 그걸 알고 있었어. 날 왜 멀리 데리고 가고 싶어 했는지 알고 있었어. 그리고 당신이 부랑자라고 말했던 거, 진심이 아니었어. 진심이라 해도, 부랑자라는 게 당신이 떠나려는 이유는 아니었어. 당신이 부랑자라는 그 점 때문에 당신을 사랑해. 그리고 자기와 아무런 상관이 없는 사건이기 때문에 당신이 이야기해 주지 않았는데, 그렇다고 당신에게 열중하는 그녀를 미워했어. 하지만 그래서 당신을 파멸시키고 싶었어."

"그래서?"

"그걸 말하려고 해, 프랭크. 이게 내가 말하려는 거야. 당신을 파멸시키고 싶었어. 하지만 새킷을 만나러 갈 수 없었어. 당신이 계속 날 감시했기 때문이 아니야. 집에서 달려 나가 그에게 갈 수 있었어. 당신에게 말한 그런 이유 때문이었어. 음, 그래서 난 악마를 쫓아냈어, 프랭크. 결코 새킷에게 전화 걸지 않으리라는 걸 알아. 왜냐하면 내겐 기회가 있었고 이유도 있었는데 안 했기 때문이지. 그래서 악마가 날 떠나 버렸어. 하지만 악마가 당신도 떠났어?"

"당신을 떠났다면, 그러면 내가 더 이상 악마와 무슨 상관이 있겠어?"

"우린 확신할 수가 없어. 당신에게 그런 기회가 올 때까지는 결코 확신할 수 없겠지. 내게 있었던 것과 똑같은 기회 말이야."

"분명히 얘기하는데, 악마는 가 버렸어."

"당신이 날 죽일 방법을 생각하는 동안, 프랭크, 나도 똑같은 걸 생각하고 있었어. 당신이 날 어떻게 죽일 수 있을까를. 수영하다가 날 죽일 수 있어. 지난번에 했던 것처럼 멀리 나가. 내가 돌아오길 원하지 않으면, 내가 그러지 못하게 하면 돼. 결코 아무도 모를 거야. 해변에서 벌어지는 그저 그런 일이야. 우리 내일 아침에 가자."

"내일 아침, 우리가 할 일은 결혼하는 거야."

"당신이 원한다면 결혼할 수 있어. 하지만 돌아오기 전에 수영하러 가."

"빌어먹을 놈의 수영. 이리 와, 키스하자."

"내일 밤, 만약 내가 돌아오면 그렇게 해. 사랑스런 키스들, 프랭크. 술 취한 키스가 아니라 그 안에 꿈이 있는 키스를. 죽음이 아니라 생명에서 나오는 키스를."

"약속했어."

다음 날 우리는 시청에서 결혼식을 올렸고 해변에 갔다. 코라가 너무 예뻐 보여서 그냥 모래밭에서 함께 놀고 싶었다. 하지만 코라는 얼굴에 귀여운 미소를 짓더니 잠시 후 일어나 밀려드는 파도 쪽으로 내려갔다.

"나, 저기로 가."

그녀가 앞서서 헤엄쳤고 나는 수영해서 그녀를 뒤따랐다. 코라는 계속 나갔고, 전보다 훨씬 멀리 나아갔다. 그런 다음 그녀가 멈췄고 내가 그녀를 따라잡았다. 코라가 내 옆으로 오더니 내 손을 붙잡았다. 우리는 서로를 바라보았다. 그때 그녀는 악마가 가 버렸다는 걸, 내가 그녀를 사랑한다는 걸 알았다.

"왜 발에 파도 맞는 걸 좋아하는지 얘기해 준 적 있어?"

"아니."

"이렇게 발을 들어 올려 주기 때문이야."

큰 파도가 오자 그녀는 자신의 가슴에 손을 대고 파도가 어떻게 가슴을 들어 올리는지 보여 줬다. "너무 좋아해. 내 가슴이 커, 프랭크?"

"오늘 밤 얘기해 줄게."

"크게 느껴져. 내가 당신에게 그걸 얘기해 주지 않았어. 또 다른 생명을 만든 것뿐만이 아니야. 그것이 당신에게 무엇을 해 주는지 말이야. 가슴이 아주 크게 느껴져. 당신이 거기 키스해 주면 좋겠어. 금방 배가 불러 올 거야. 난 아주 좋아할 거고 모두 내 배를 봤으면 좋겠어. 이게 생명이야. 속에서 그걸 느낄 수 있어. 이건 우리 둘을 위한 새로운 생명이야, 프랭크."

우린 돌아오기 시작했고 도중에 잠수를 했다. 3미터 가까이 밑으로 내려갔다. 수압으로 수심이 그 정도라는 걸 알 수 있었다. 대부분의 수영장의 깊이는 3미터였고, 여기도 그 정도의 깊이였다. 다리를 모아 자맥질하여 더 깊이 쑥 내려갔다. 귀에 물이 들어와 터질 것만 같았다. 하지만 올라갈 필요가 없었다. 폐의 압력이 피 속에 산소를 밀어 보내 몇 초 동안은 숨쉬는 걸 생각하지 않아도 됐으니까. 초록빛 물을 바라봤다. 귀가 윙윙 울리고 등과 가슴에 무게가 느껴지면서 내 삶 속의 모든 악행, 비열함, 무능과 무책임이 몰려 나와 깨끗이 씻기는 것 같았다. 다시 깨끗해진 그녀와 함께 출발하여, 그녀가 말했던 것처럼 새로운 인생을 살 준비가 다 돼 있었다.

물 위로 올라왔을 때 그녀는 기침하고 있었다. "그냥 구역질이 나서 그래."

"괜찮아?"

"그런 것 같아. 나타났다가는 사라져."

"물을 삼켰어?"

"아니."

조금 더 가더니 코라가 멈췄다. "프랭크, 속이 이상해."

"자, 날 붙들어."

"아, 프랭크, 아마 좀 긴장했나 봐. 머리를 들고 있으려고 하면서 말이야. 소금물을 삼키지 않으려고 말이야."

"진정해."

"끔찍하지 않아? 유산한 여자 얘길 들은 적이 있어. 너무 긴장하다가."

"진정해. 물 위에 바로 누워. 헤엄치려고 하지 마. 끌어당겨

줄게."

"안전요원을 부르는 게 낫지 않겠어?"

"맙소사, 안 돼. 그런 애송이는 당신 다리를 위아래로 잡아당기려고 할 거야. 그냥 누워 있어. 그놈보다 더 빨리 데려다 줄게."

그녀는 누웠고, 나는 그녀의 수영복 어깨 끈을 잡고 끌어당겼다. 지치기 시작했다. 그녀를 2킬로미터쯤 끌고 갈 수도 있었다. 하지만 그녀를 병원에 데려가야 한다는 생각에 계속 서둘렀다. 물속에서 서두르면 가라앉는다. 하지만 얼마 후 발이 바닥에 닿았다. 나는 그녀를 품에 안고 파도를 가로질러 돌진했다. "움직이지 마. 내가 하는 대로 내버려 둬."

"안 움직여."

코라를 안고 스웨터를 벗어 놓은 곳으로 달려 올라가 그녀를 내려놓았다. 내 스웨터 안에서 차 열쇠를 꺼냈다. 그런 다음 스웨터 두 벌로 그녀를 감싸고 차로 올라갔다. 차는 도로 옆 윗편에 있었다. 도로가 있는 해변 위쪽 높은 제방을 올라가야 했다. 다리가 무거워져서 차례대로 들리지도 않았다. 하지만 코라를 떨어뜨리지는 않았다. 그녀를 차에 태웠다. 시동을 걸어 도로를 쏜살같이 달리기 시작했다.

우리가 간 해변은 샌타모니카에서 3킬로미터 남짓 떨어진 곳이었고, 병원은 저 아래쪽에 있었다. 대형 트럭을 추월했다. "경적을 울리면 비켜 주겠음."이라는 표지판이 차 뒤에 붙어 있었다. 경적을 울려 댔지만 트럭은 한가운데로 계속 갔다. 왼

쪽으로 지나갈 수 없었다. 차들이 줄지어 내 쪽으로 오고 있었기 때문이다. 오른쪽으로 빠져나오며 밟아 댔다. 코라가 비명을 질렀다. 나는 배수로 벽을 전혀 보지 못했다. 충돌했고, 모든 게 어두워졌다.

정신이 들고 보니 운전대 옆에 처박혀 있었다. 등을 차 정면에 대고 있었다. 하지만 나는 끔찍한 소리 때문에 신음하기 시작했다. 양철 지붕에 내리는 빗소리 같았지만 그게 아니었다. 그녀의 피였다. 코라가 앞 유리를 뚫고 나와 있었고, 피가 자동차 엔진 뚜껑으로 쏟아져 내렸다. 경적이 울려 대고 사람들이 차에서 뛰어나와 그녀에게 달려가고 있었다. 나는 그녀를 일으켜 세웠다. 피를 멈추려고 애쓰는 와중에도 그녀에게 얘기하고 울고 키스했다. 그 키스들은 결코 그녀에게 닿지 못했다. 그녀는 죽어 있었다.

16장

그 일로 난 걸려들었다. 이번엔 카츠가 우리 몫으로 얻어냈던 1만 달러, 우리가 번 돈, 가게의 권리증 등을 모두 차지했다. 날 위해 정말로 최선을 다했지만 처음부터 두들겨 맞았다. 새킷은 내가 미친 개이며, 시민의 안전을 위해 처치해 버려야 한다고 말했다. 그는 전부 다 추리해 냈다. 우리가 돈을 차지하려고 그리스인을 살해했으며, 그런 다음 내가 그녀와 결혼했고, 내가 그 돈을 전부 다 차지하려고 그녀를 살해했다는 것이었다. 멕시코 여행에 관해 코라가 알아내자 조금 서둘렀다는 것, 그게 다였다. 부검 보고서도 있었다. 그녀가 임신했다는 게 드러났고, 그는 그것도 나의 범행 동기의 일부였다고 말했다. 새킷은 매지를 증언대에 세웠고 그녀는 멕시코 여행에 관해 얘기했다. 그녀는 하고 싶지 않았지만 해야만 했다. 심지어 퓨마까지 법정에 갖고 왔다. 그놈은 많이 자랐지만 제대로 돌봐 주지 않아 지저분하고 병에 걸린 모습이었다. 퓨마는 슬프게 울부짖었고 새킷을 물려고 했다. 끔찍한 모습이어서 내게 조금도 이롭지 않았다. 정말이다. 하지만 날 정말로 망하게 한 건 코라가 택시를 부르기 전에 썼던 쪽지였다. 아침에 내가 볼 수 있게 금전 등록기에 넣어 뒀는데 잊어버렸던 것이다. 나는 그걸 본 적도 없었다. 수영 가기 전에 가게를 열지 않았고 금전 등록기를 아예 들여다보지 않았기 때문이다. 세상에서 가장 달콤한 메모였지만, 우리가 그리스인을 죽인 내용이 들어 있었다. 그건 정말 효과가 있었다. 사흘 동안 그에 관한 논쟁이 벌어졌다. 카츠가 로스앤젤레스 군의 모든 법전을 갖고 싸웠지만 판사가 그 사실을 받아들였다. 우리가 그리스인을 살해한 사실도 다 받아들였다. 새킷은 살인 동기가 확실해졌다고 말했다. 그것과 그저 미친 개라는 점 말이다. 카츠는 내가 증언대에 서는 것조차 허락하지 않았다. 내가 무슨 말을 할 수 있겠는가? 우리가 그리스인을 죽이면서 겪었던 모든 문제를 제대로 해결해 냈기 때문에 내가 한 짓이 아니었다고? 그랬다면 대단했을 것이다. 배심원이 오 분 동안 나가 있었다. 판사는 자신이 다른 미친개에게 했던 것과 정확히 똑같은 대우를 내게 해 주겠다고 말했다.

그래서 지금 사형수 감방에서 이 글의 마지막을 쓰고 있다. 맥코넬 신부가 훑어보고 구두점 등 약간 고쳐야 할 부분을 손봐 줄 것이다. 집행 유예를 받으면, 그는 이 글을 들고 무슨 일이 벌어질지 기다릴 것이다. 감형을 받는다면, 신부는 그걸 태워 내가 어떤 이야기를 했든지 상관없이 살해의 진실은 결코 알려지지 않을 것이다. 하지만 처형된다면, 그는 이 글을 들고 나가 출판할 사람이 있는지 알아볼 것이다. 집행 유예도 없을 것이고 감형도 없을 것이다. 나는 안다. 난 자신을 결코 속이지 않았다. 하지만 이런 곳에서는 그저 어쩔 수 없기 때문에 희망을 갖는다. 결코 어떤 것도 자백하지 않았다. 그게 중요하다. 자백하지 않으면 절대 교수형에 처하지 않는다고 어떤 녀석이 말하는 걸 들은 적이 있다. 모르겠다. 맥코넬 신부가 날 속이지 않는다면 그는 내게서 그 어떤 것도 알아내지 못할 것이다. 어쩌면 집행 유예를 받을지도 모른다.

감방이 갑갑해서 일어나 코라를 생각하고 있다. 당신은 내가 일부러 그러지 않았다는 걸 그녀가 알았을 거라고 생각하는가? 물속에서 우리가 이야기를 나누었으니 그녀가 당연히 알 거라고 생각할 수 있다. 하지만 살인을 가지고 모의하다 보면 이런 끔찍한 생각도 든다. 어쩌면 차가 부딪칠 때 그녀의 머릿속에 내가 일부러 했다는 생각이 스쳐 지나갔을지도 모른다. 그게 이번 생 후에 또 다른 생이 있기를 희망하는 이유다. 맥코넬 신부는 있다고 말했다. 난 그녀를 만나고 싶다. 서로에게 했던 말이 전부 진심이었다는 것, 내가 일부러 그러지 않았다는 걸 그녀가 알아 주길 바란다. 그녀가 무얼 갖고 있었기에 그녀에 대해 이런 식의 감정이 드는 걸까? 모르겠다. 그녀는 뭔가를 원했고 그걸 얻으려고 노력했다. 아주 잘못된 방식으로 노력했지만 코라는 노력했다. 나를 그렇게 느끼게 만든 게 무엇이었을까. 왜냐하면 그녀는 날 잘 알고 있었기 때문이다. 그녀는 나를 쓸모없는 사람이라고 종종 말했다. 나는 그녀 말고는 아무것도 원하지 않았다. 하지만 그게 너무 컸다. 한 여자의 존재가 그렇게 너무 큰 것은 흔한 일은 아니라고 나는 짐작한다.

7호실에 자기 형을 살해한 녀석이 있다. 그는 자신이 살인한 게 아니라 자신의 무의식이 했다고 말한다. 그게 무슨 뜻이냐고 그에게 물었다. 두 개의 자아가 있는데 하나는 우리가 아는 것이고 다른 하나는 우리가 알지 못하는 것, 즉 그게 무의식이라고 말했다. 난 정말로 놀랐다. 정말로 내가 하고서 알지 못하는 건 아닐까? 맙소사 난 그걸 믿을 수 없다! 난 그러지 않았다! 그녀를 그렇게도 사랑했다. 분명히 얘기하겠는데, 그녀를 위해 죽을 수도 있었다! 빌어먹을 놈의 무의식. 그걸 믿지 못하겠다. 그건 그저 판사를 바보로 만들려고 이 녀석이 생각해 낸 허튼소리일 뿐이다. 무슨 짓을 하는지 다 알고 하는 것이다. 난 하지 않았고, 난 그걸 안다. 코라를 다시 만날 수 있다면 그녀에게 이 말을 꼭 해 줄 것이다.

나는 지금 끔찍하게도 갑갑해서 일어나 있다. 아무것도 생각하지 못하도록 음식에 약을 넣는다고 생각한다. 생각하지 않으려고 노력한다. 그러는 데 성공할 때면 우리 위에 하늘이 있고 물이 주변에 있다. 우리가 얼마나 행복할 것인지 그리고 이 행복이 얼마나 영원히 지속될 것인지 얘기하면서 코라와 거기 있다. 그녀와 함께 큰 강 위에 있는 것 같다. 맥코넬 신부가 생각해 낸 건 아니지만, 또 다른 생이 진짜 있을 것 같다. 그녀와 함께 있을 때 난 그걸 믿는다. 생각하기 시작하면 전부 날아가 버린다.

집행 유예는 없다.

여기 사람들이 온다. 맥코넬 신부는 기도가 도움이 될 거라고 말한다. 당신이 여기까지 읽었다면 날 위해, 그리고 코라를 위해 기도해 주길. 거기가 어디이든 우리가 함께 있기를.

작품 해설

실존주의에 지대한 영향을 미친 하드보일드 소설

제임스 케인(James M. Cain)의 『포스트맨은 벨을 두 번 울린다(The Postman Always Rings Twice)』(New York: Vintage Books, 1992)가 세계문학전집의 일부가 될 수 있는지 질문하지 않을 수 없다. 미국 문학의 고전이라는 점이 하나의 근거요, 대중문학을 차별하는 모더니즘 세계관에 의문을 제기하는 포스트모던 시대라는 점이 또 다른 근거다. 알베르 카뮈(Albert Camus)가 『포스트맨은 벨을 두 번 울린다』(이하 『포스트맨』)에서 실존주의 문학의 대표작인 『이방인』의 영감을 얻었다고 말했을 만큼 케인은 프랑스에서 가장 중요한 미국 작가 중 하나였다. 『오디세이』나 『천일야화』도 당대의 싸구려 통속 소설(pulp fiction)이었다. 하지만 근대적 학교 제도의 확립과 문맹률 감소로 인한 독자 대중의 확대, 윤전 인쇄기와 제본기의 발

명으로 인한 서적과 신문의 대량 생산, 여기에 우편 서비스와 철로를 통한 보급 체제의 확대로 인쇄 분야에 산업 자본이 유입됐고 그로 인해 서적의 가격이 적당하게 저렴해진 것은 19세기였다. 『포스트맨』은 실존주의의 대표작에 직접적인 영향력을 미칠 만큼 심미적 깊이가 있는 미국의 대표적인 하드보일드(hard-boiled) 소설이다.

하드보일드 계열의 문학에 관한 비평문을 처음 쓴 에드먼드 윌슨(Edmund Wilson)은 1930년대와 1940년대 미국의 선정(煽情) 소설은 "전부 헤밍웨이에게서 유래했다."고 말한다. 헤밍웨이는 제1차 세계 대전 중 또는 그 직후 성년이 되어, 전쟁 체험과 당시의 사회적 격변의 결과로 문화적, 정서적 안정을 잃어버리고 가치관을 상실한 '잃어버린 세대(Lost Generation)'의 대표 작가다. 젊은 시절 케인의 위악적(僞惡的) 삶도 이런 관점에서 읽어야 한다. 1918년 제1차 세계 대전에 참전하여 1923년 귀국한 케인은 유년 시절부터 애인이던 메리 클라우와 결혼하고 1924년까지 세인트존스 대학의 언론학과 교수로 일한다. 1924년이 되자 케인은 월터 리프먼을 위해 《뉴욕 월드》의 편집부 기자로 비판적 칼럼 기사를 작성하기 위해 아내를 아나폴리스에 남겨 두고 혼자 뉴욕으로 이주한다. 뉴욕에서 그는 엘리나 티즈제카와 동거하면서 대여섯 명의 여자와 데이트한다. 후원자인 H. L. 멘켄의 "사랑은 여자들이 서로 다르다는 환상이다."라는 주장에 대해 케인이 "사랑은 여자들이 정말로 서로 다르다는 발견이다."라고 주장하는데, 이런 냉소적 인생관이 당대의 주류였고 『포스트맨』의 정서적 배경이다.

『포스트맨』은 미국 출판 업계 최초의 베스트셀러로 양장본, 문고판, 희곡, 영화와 오페라로 현재까지 확대 재생산되고 있다. 세인트루이스 오페라 극장의 위탁에 따라 콜린 그레이엄이 대본을 쓰고 스티븐 파울루스가 작곡하여 1982년 6월 17일 초연된 120분짜리 오페라에서 프랭크는 바리톤, 닉 파파다키스는 테너, 코라는 소프라노, 새킷은 베이스, 카츠는 테너였다.

1929년 주식시장 붕괴로 세계 대공황이 시작됐고, 그로 인해 1930년 《뉴욕 월드》가 스크립스하워드에게 매각되면서 케인은 신생 잡지인 《뉴요커》의 편집국장이 된다. 1931년 파라마운트 사가 주급 400달러의 시나리오 작가 자리를 제안하면서 케인은 할리우드로 이주한다. 그러나 시나리오는 케인의 장기가 아니었다. 동료 작가인 샘손 라펠슨과 빈센트 로렌스는 케인에게 소설을 쓰라고 격려한다. 케인의 말에 의하면 근처에서 주유소를 운영하던 젊은 부부가 있었다. "가슴이 풍만하고 잘생긴 여자가 항상 나왔는데 평범하지만 성적 매력이 있었어. 쉽게 짐작이 가는 여자야. 여자가 기름을 넣는 동안 우린 언제나 그녀에 대해 얘기했지. 어느 날 주유소를 운영하는 여자가 남편을 죽였다는 기사를 읽었어. 그 가슴 풍만한 여자가 아닐까? 가 봤더니 정말이더군. 문이 닫혀 있었어. 수소문해 봤더니 그 여자가 맞았어. 매력적이지만 아주 평범한 그런 여자였지." 케인은 주유소를 운영하던 평범한 남녀가 사람을 죽이게 된다는 줄거리를 구상한다. 로렌스는 '사랑의 고통'에 관한 할리우드의 원칙을 케인에게 알려 준다. 관객이 등장인물에 대해 관심을 가지게 해야 한다. 그렇게 하기에 가장 적합한 플롯이 사랑 이야기다. 사랑하는 사람 중 하나는 손해를 보는 사람이어야 한다. 케인은 육 개월 걸려 『포스트맨』을 쓴다.

누군가가 케인에게 1927년과 1928년의 타블로이드판 신문에서 가장 선정적인 기사였던 루스 스나이더-저드 그레이 소송 사건을 연상시킨다. 1927년 3월 19일, 잡지 편집자 앨버트 스나이더가 자신의 아내인 '호랑이 여자(Tyger Woman)' 루스 스나이더와 그녀의 정부이자 코르셋 외판원인 저드 그레이에게 뉴욕 롱아일랜드의 자택에서 살해된다. 저드는 앨버트에게 내리닫이 누름돌을 곤봉처럼 휘두른 다음 사진틀 철사로 목 졸라 죽였다. 법정의 증언에 의하면 성관계를 가진 뒤에 남편이 자신을 때린다고 루스가 말할 때마다 저드는 "그 짐승을 죽이고 싶어."라고 대답했으며 루스는 "정말 진심이야?"라고 물었다고 한다. 루스는 남편 몰래 남편의 명의로 5만 달러의 개인 상해 보험에 가입했고 남편의 사망시 '배액 보상(double indemnity)' 조항이 있었다. 그녀는 우편배달부(postman)에게 보험 지급 증서를 자신에게 직접 배달하라고 지시했으며 초인종을 두 번 울리는 것이 신호였다. 이 신호와 '배액 보상'은 성적 불성실을 뜻하는 진부한 표현이 된다. 강도 사건 알리바이가 날조된 것임을 경찰은 즉시 파악했고 재판은 롱아일랜드 대법원에서 나흘간 진행됐다. 퀸즈 자치구 검찰총장인 리처드 사빌 뉴컴이 직접 기소를 담당하고 쉰여덟 명의 증인을 소환했다. 재판은 전국적인 관심을 끌어 132개 신문사에서 온 기자들이 법원에 설치된 쉰 대의 전화를 이용했다. 《뉴욕 데

일리 뉴스》의 몰래카메라에 촬영된 1928년 1월 12일 싱싱 교도소 전기의자에서 집행된 루스 스나이더의 사형 장면은 역사적으로 가장 유명한 보도 사진이다. 이 사건이 선정적 뉴스의 대상이 된 이유는 여러 가지다. 우선 살인자들은 믿을 수 없을 만큼 서툴렀다. 저드가 너무 유별나게 행동해서 사건 현장 부근에 있던 거의 모든 증인들에게 목격됐다. 명백한 실마리가 곳곳에 널려 있었다. 배액 보상 보험을 살해 전에 가입했다. 횡포한 루스와 줏대 없는 저드의 관계는 대중을 어느 하나에 편들게 만들었다. 1934년 『포스트맨』이 공전의 히트작이 된 뒤 1936년 잡지 《리버티》에 8부작으로 연재된 다음 상재된 『배액 보상』이 스나이더-그레이 소송 사건을 더 잘 반영한다. 하지만 케인은 『포스트맨』의 앞 면지(面紙)에서 "내 첫 번째 소설이며, 기본 줄거리는 뉴욕의 스나이더-그레이 소송 사건에 기초한다."고 언급한다.

케인은 친구 작가에게 다음과 같이 말했다. "그 때문에 그런 얘기에 대해 내가 갖고 있던 생각을 굳혔어. 도덕적으로는 충분히 끔찍하지만 살인이 사랑 얘기가 될 수도 있다고 생각하는 멍청한 남녀가 있고, 그런데 일단 저지른 다음 정신 차리고 보면 어떤 두 사람도 그렇게 끔찍한 비밀을 공유하고는 같은 지구에서 살 수 없다는 걸 알게 된다는 얘기야. 그들은 저드와 루스가 그랬던 것처럼 서로 맞서게 되지." 케인이 지은 원제목은 '바비큐(Bar-B-Que)'였는데 앨프리드 크노프 출판사에서 반대하며 '사랑이냐 돈이냐(For Love or Money)'를 제안한다. 너무 포괄적이라고 생각한 케인이 '검정 퓨마(Black

Puma)'나 '악마의 수표책(The Devil's Checkbook)'을 제시하지만 크노프가 거부한다. 케인과 로렌스는, 보낸 원고의 결과 때문에 우편배달부를 기다리는 불쌍한 처지를 서로 얘기하다가, 로렌스가 우편배달부가 오는 소리를 듣지 않으려고 가끔 뒷마당에 나가 있다는 것, 그런데 자신이 들었는지 확인하려고 우편배달부가 언제나 두 번 벨을 울린다고 불평한다. 이 이야기를 듣고 케인이 우편배달부가 가 버리기 전에 언제나 두 번 벨을 울리거나 두 번 노크하는 영국과 아일랜드의 옛 전통을 기억해 낸다. 케인이 이것을 제목으로 제안하자, 프랭크 체임버스의 운명을 묘사하는 데 적합한 은유라는 점을 로렌스가 인정하고 크노프 출판사도 동의한다.

3만 5000자의 짧은 소설인 『포스트맨』은 별로 똑똑하지 않은 부랑자의 목소리라는 일인칭 서술 형식과 타블로이드판 신문의 1면 기사 같은 긴박하고 명료한 문체를 통해 선정적이며 도피적인 낭만적 정서를 독자의 마음속에 오래도록 남아 있게 만든다.

작가 연보

1892년 미국 메릴랜드주의 아나폴리스에서 태어났다. 어머니는 오페라의 소프라노 가수였고 아버지는 세인트존스 대학의 수학과 영어 담당 교수로 현재 파카-캐롤 학생 기숙사가 된 교수 아파트에서 생활했다.

1904년 여러 차례 월반(越班)하여 아버지가 워싱턴 대학의 학장이 되던 해에 12세의 나이로 대입 예비 학교에 입학했다.

1906년 14세의 나이로 워싱턴 대학에 입학했다.

1910년 대학 잡지를 편집하고 학과 부대표를 하며 대학 생활을 보내고 18세의 나이로 졸업했다.

1917년 대학원 석사 과정을 졸업했다. 교사, 가수, 정육업자, 사무원, 보험 외판원 등의 여러 직업을 거친 후, 1918년까지 《볼티모어 아메리칸》의 경찰 출입 기자로 일했다. 미국의 대표적 비평가인 H. L. 멘켄이 후원자(mentor)가 되었다.

1918년 제1차 세계 대전에 참전했다. 79사단 본부가 발행하는 《로렌의 십자가》를 편집했다.

1919년 1923년까지 최상급 신문 《볼티모어 선》의 정치부 기자로 활동했다.

1923년 귀국 후 유년 시절부터 애인이었던 메리 클라우와 결혼했다. 세인트존스 대학의 언론학과 교수가 되었다.

1924년 월터 리프먼의 《뉴욕 월드》 편집부 기자가 되어 정치 비판 희곡인 「우리 정부(Our Government)」의 기반(1930년 발행)이 되는 칼럼 기사를 작성했다. 아내 메리를 아나폴리스에 남겨 두고 혼자 뉴욕으로 이주했다. 엘리나 티즈제카와 동거하면서 대여섯 명의 여자와 데이트를 했다.

1926년 《볼티모어 선》의 기자 시절 웨스트버지니아 광산촌 투쟁 사건을 취재한 경험에 근거한 희곡 「진주 문을 부수며(Crashing the Pearly Gates)」를 공연했으나 일주일 만에 막을 내렸다. 엘리나 티즈제카와 재혼하며 그녀의 자식들을 입양했다.

1928년 희곡 「신학적 막간 희극(Theological Interlude)」, 「시민권(Citizenship)」을 집필했다.

1929년 주식 시장 붕괴로 세계 대공황이 시작되다.

1930년 조셉 퓰리처가 1883년에 매입한 《뉴욕 월드》가 스크립스하워드에게 매각되다. 신생 잡지인 《뉴요커》의 편집 국장이 되었다.

1931년 파라마운트사(社)로부터 주급 400달러의 시나리오 작가직을 제안받아 할리우드로 이주했다.

1934년 42세 때 앨프리드 크노프에서 상재한 첫 번째 소설 『포스트맨은 벨을 두 번 울린다』가 공전의 히트작이 되다. 이 작품은 1946년에 영화화된다. 테이 가넷이 감독을 맡고, 해리 러스킨과 나이번 부슈가 각본을, 라나 터너, 존 가필드가 출연했다. 1981년에는 두 번째 영화화가 되어, 밥 라펠슨이 감독을 맡고, 데이비드 마멧이 각본을, 잭 니콜슨과 제시카 랭이 출연했다.

1936년 『배액 보상』이 《리버티》 잡지에 8부작으로 연재되었다. 이 작품은 1944년 빌리 와일더 감독, 빌리 와일더와 레이먼드 챈들러 각본에 의해 영화화되는데 암흑가 범죄 영화인 누아르 영화(film noir)의 걸작이 되었다.

1937년 『세레나데(Serenade)』를 출간했다. 이 작품은 1956년 영화화되어 앤서니 만이 감독을 맡고 마리오 란자, 조앤 폰테인, 빈센트 프라이스가 출연했다.

1938년 영화 시나리오 「알제(Algiers)」를 집필했다.

1939년 영화 시나리오 「일어나 싸워라(Stand Up and Fight)」를 집필했다.

1940년 영화 시나리오 「집시 살쾡이(Gipsy Wildcat)」를 집필했다.

1941년 『밀드리드 피어스(Mildred Pierce)』를 출간했다. 1945년

영화화되었다. 마이클 커티즈가 감독을 맡고, 조앤 크로포드가 주연으로 열연하여 아카데미 여우주연상을 수상했다. 앨프리드 크노프와의 재계약금으로 오랫동안 미뤄 둔 담석과 궤양 수술을 받았다.

1942년 『사랑의 사랑스런 모조품(Love's Lovely Counterfeit)』을 출간했다.

1944년 『세 개의 비슷한 이야기 : C장조의 경력, 횡령자, 배액 보상(Three of a Kind: Career in C Major, The Embezzler, Double Indemnity)』을 출간했다.
아일린 프링글과 세 번째 결혼을 했다. 『남자만을 위하여(For Men Only)』를 출간했다.

1946년 『모든 불명예를 지나서(Past All Dishonor)』를 출간했다.

1947년 오페라 가수 플로렌스 멕베스 휘트웰과 네 번째 결혼을 한 뒤 메릴랜드 하야츠빌로 이주했다. 『나비(The Butterfly)』를 출간했다. 1981년 영화화되어, 맷 심버가 감독을 맡았다. 스테이시 키치, 파아 자도라, 오손 웰즈가 출연했다.

1948년 『나방(The Moth)』, 『죄 많은 여인(Sinful Woman)』을 출간했다.

1949년 『세 개의 심장(Three of Hearts)』, 『질투하는 여인(Jealous Woman)』을 출간했다.

1952년 『사악함의 뿌리(The Root of His Evil)』가 출간되었다.

1953년 『갈라테아(Galatea)』가 출간되었다.

1962년 『미뇽(Mignon)』이 출간되었다.

1965년 『마법사의 아내(The Magician's Wife)』가 출간되었다.

1969년 『케인×3(Cain×3)』이 출간되었다.

1970년 미국추리소설가협회(The Mystery Writers of America)에 의해 명인(Grand Master)으로 선정되었다.

1975년 『무지개의 끝(Rainbow's End)』이 출간되었다.

1976년 『제도(The Institute)』가 출간되었다.

1977년 10월 27일 85세의 나이로 사망했다. 『자서전』은 미완성으로 남았다.

1981년 『단편집: 냉장고 아기(The Baby in the Icebox and Other Short Fiction)』가 출간되었다.

1984년 『행복의 절정(Cloud Nine)』이 출간되었다.

1985년 『마법에 걸린 섬(The Enchanted Isle)』, 『언론 60년사(60 Years of Journalism)』가 출간되었다.

1986년 『단편집: C장조의 경력(Career in C Major and Other Fiction)』이 출간되었다.

1988년 『제임스 M. 케인 요리책(The James M. Cain Cookbook)』이 출간되었다.

세계문학전집 169
포스트맨은 벨을 두 번 울린다

1판 1쇄 펴냄 2007년 12월 28일
1판 27쇄 펴냄 2024년 6월 20일

지은이 제임스 M. 케인
옮긴이 이만식
발행인 박근섭, 박상준
펴낸곳 (주)민음사

출판등록 1966. 5. 19. (제 16-490호)
서울특별시 강남구 도산대로1길 62(신사동) 강남출판문화센터 5층 (우편번호 06027)
대표전화 02-515-2000 팩시밀리 02-515-2007
www.minumsa.com

ISBN 978-89-374-6169-9 04800
ISBN 978-89-374-6000-5 (세트)

민음사 세계문학전집

세계문학전집 목록

51·52 **내 이름은 빨강** 파묵·이난아 옮김 노벨 문학상 수상 작가
53 **오셀로** 셰익스피어·최종철 옮김 서울대 권장도서 100선
54 **조서** 르 클레지오·김윤진 옮김 노벨 문학상 수상 작가
55 **모래의 여자** 아베 코보·김난주 옮김
56·57 **부덴브로크 가의 사람들** 토마스 만·홍성광 옮김 노벨 문학상 수상 작가
58 **싯다르타** 헤세·박병덕 옮김 노벨 문학상 수상 작가
59·60 **아들과 연인** 로렌스·정상준 옮김 《뉴스위크》 선정 100대 명저
61 **설국** 가와바타 야스나리·유숙자 옮김 노벨 문학상 수상 작가 | 서울대 권장도서 100선
62 **벨킨 이야기·스페이드 여왕** 푸슈킨·최선 옮김
63·64 **넙치** 그라스·김재혁 옮김 노벨 문학상 수상 작가
65 **소망 없는 불행** 한트케·윤용호 옮김 노벨 문학상 수상 작가
66 **나르치스와 골드문트** 헤세·임홍배 옮김 노벨 문학상 수상 작가
67 **황야의 이리** 헤세·김누리 옮김 노벨 문학상 수상 작가
68 **페테르부르크 이야기** 고골·조주관 옮김
69 **밤으로의 긴 여로** 오닐·민승남 옮김 노벨 문학상 수상 작가 | 미국대학위원회 선정 SAT 추천도서
70 **체호프 단편선** 체호프·박현섭 옮김
71 **버스 정류장** 가오싱젠·오수경 옮김 노벨 문학상 수상 작가
72 **구운몽** 김만중·송성욱 옮김 서울대 권장도서 100선 | 국립중앙도서관 선정 청소년 권장도서
73 **대머리 여가수** 이오네스코·오세곤 옮김
74 **이솝 우화집** 이솝·유종호 옮김 논술 및 수능에 출제된 책(1998~2005)
75 **위대한 개츠비** 피츠제럴드·김욱동 옮김 《타임》 선정 현대 100대 영문소설
76 **푸른 꽃** 노발리스·김재혁 옮김
77 **1984** 오웰·정회성 옮김 《타임》 선정 현대 100대 영문소설 | 《뉴스위크》 선정 100대 명저
78·79 **영혼의 집** 아옌데·권미선 옮김
80 **첫사랑** 투르게네프·이항재 옮김
81 **내가 죽어 누워 있을 때** 포크너·김명주 옮김 노벨 문학상 수상 작가
82 **런던 스케치** 레싱·서숙 옮김 노벨 문학상 수상 작가
83 **팡세** 파스칼·이환 옮김
84 **질투** 로브그리예·박이문, 박희원 옮김
85·86 **채털리 부인의 연인** 로렌스·이인규 옮김
87 **그 후** 나쓰메 소세키·윤상인 옮김
88 **오만과 편견** 오스틴·윤지관, 전승희 옮김 미국대학위원회 선정 SAT 추천도서
89·90 **부활** 톨스토이·연진희 옮김 논술 및 수능에 출제된 책(1998~2005)
91 **방드르디, 태평양의 끝** 투르니에·김화영 옮김
92 **미겔 스트리트** 나이폴·이상옥 옮김 노벨 문학상 수상 작가
93 **페드로 파라모** 룰포·정창 옮김
94 **차라투스트라는 이렇게 말했다** 니체·장희창 옮김 국립중앙도서관 선정 청소년 권장도서
95·96 **적과 흑** 스탕달·이동렬 옮김 국립중앙도서관 선정 청소년 권장도서
97·98 **콜레라 시대의 사랑** 마르케스·송병선 옮김 노벨 문학상 수상 작가 | BBC 선정 꼭 읽어야 할 책
99 **맥베스** 셰익스피어·최종철 옮김 서울대 권장도서 100선 | 미국대학위원회 선정 SAT 추천도서
100 **춘향전** 작자 미상·송성욱 풀어 옮김 서울대 권장도서 100선
101 **페르디두르케** 곰브로비치·윤진 옮김
102 **포르노그라피아** 곰브로비치·임미경 옮김
103 **인간 실격** 다자이 오사무·김춘미 옮김
104 **네루다의 우편배달부** 스카르메타·우석균 옮김

105·106 이탈리아 기행 괴테 · 박찬기 외 옮김
107 나무 위의 남작 칼비노 · 이현경 옮김
108 달콤 쌉싸름한 초콜릿 에스키벨 · 권미선 옮김
109·110 제인 에어 C. 브론테 · 유종호 옮김 BBC 선정 꼭 읽어야 할 책
111 크눌프 헤세 · 이노은 옮김 노벨 문학상 수상 작가
112 시계태엽 오렌지 버지스 · 박시영 옮김 《타임》 선정 현대 100대 영문소설 | 《뉴스위크》 선정 100대 명저
113·114 파리의 노트르담 위고 · 정기수 옮김 미국대학위원회 선정 SAT 추천도서
115 새로운 인생 단테 · 박우수 옮김
116·117 로드 짐 콘래드 · 이상옥 옮김 《뉴스위크》 선정 100대 명저
118 폭풍의 언덕 E. 브론테 · 김종길 옮김 미국대학위원회 선정 SAT 추천도서
119 텔크테에서의 만남 그라스 · 안삼환 옮김 노벨 문학상 수상 작가
120 검찰관 고골 · 조주관 옮김
121 안개 우나무노 · 조민현 옮김
122 나사의 회전 제임스 · 최경도 옮김 미국대학위원회 선정 SAT 추천도서
123 피츠제럴드 단편선 1 피츠제럴드 · 김욱동 옮김
124 목화밭의 고독 속에서 콜테스 · 임수현 옮김
125 돼지꿈 황석영
126 라셀라스 존슨 · 이인규 옮김
127 리어 왕 셰익스피어 · 최종철 옮김 서울대 권장도서 100선 | 《뉴스위크》 선정 100대 명저
128·129 쿠오 바디스 시엔키에비치 · 최성은 옮김 노벨 문학상 수상 작가
130 자기만의 방 · 3기니 울프 · 이미애 옮김
131 시르트의 바닷가 그라크 · 송진석 옮김
132 이성과 감성 오스틴 · 윤지관 옮김
133 바덴바덴에서의 여름 치프킨 · 이장욱 옮김
134 새로운 인생 파묵 · 이난아 옮김 노벨 문학상 수상 작가
135·136 무지개 로렌스 · 김정매 옮김
137 인생의 베일 서머싯 몸 · 황소연 옮김
138 보이지 않는 도시들 칼비노 · 이현경 옮김
139·140·141 연초 도매상 바스 · 이운경 옮김 《타임》 선정 현대 100대 영문소설
142·143 플로스 강의 물방앗간 엘리엇 · 한애경, 이봉지 옮김 미국대학위원회 선정 SAT 추천도서
144 연인 뒤라스 · 김인환 옮김
145·146 이름 없는 주드 하디 · 정종화 옮김
147 제49호 품목의 경매 핀천 · 김성곤 옮김 《타임》 선정 현대 100대 영문소설
148 성역 포크너 · 이진준 옮김 노벨 문학상 수상 작가 | 퓰리처상 수상 작가
149 무진기행 김승옥
150·151·152 신곡(지옥편 · 연옥편 · 천국편) 단테 · 박상진 옮김 《뉴스위크》 선정 100대 명저
153 구덩이 플라토노프 · 정보라 옮김
154·155·156 카라마조프가의 형제들 도스토옙스키 · 김연경 옮김
157 지상의 양식 지드 · 김화영 옮김 노벨 문학상 수상 작가
158 밤의 군대들 메일러 · 권택영 옮김 퓰리처상 수상 작가
159 주홍 글자 호손 · 김욱동 옮김 서울대 권장도서 100선 | 미국대학위원회 선정 SAT 추천도서
160 깊은 강 엔도 슈사쿠 · 유숙자 옮김
161 욕망이라는 이름의 전차 윌리엄스 · 김소임 옮김
162 마사 퀘스트 레싱 · 나영균 옮김 노벨 문학상 수상 작가
163·164 운명의 딸 아옌데 · 권미선 옮김

165 모렐의 발명 비오이 카사레스 · 송병선 옮김
166 삼국유사 일연 · 김원중 옮김 서울대 권장도서 100선
167 풀잎은 노래한다 레싱 · 이태동 옮김 노벨 문학상 수상 작가
168 파리의 우울 보들레르 · 윤영애 옮김
169 포스트맨은 벨을 두 번 울린다 케인 · 이만식 옮김
170 썩은 잎 마르케스 · 송병선 옮김 노벨 문학상 수상 작가
171 모든 것이 산산이 부서지다 아체베 · 조규형 옮김 《타임》 선정 현대 100대 영문소설
172 한여름 밤의 꿈 셰익스피어 · 최종철 옮김 미국대학위원회 선정 SAT 추천도서
173 로미오와 줄리엣 셰익스피어 · 최종철 옮김 미국대학위원회 선정 SAT 추천도서
174·175 분노의 포도 스타인벡 · 김승욱 옮김 노벨 문학상 수상 작가 | 《타임》 선정 현대 100대 영문소설
176·177 괴테와의 대화 에커만 · 장희창 옮김
178 그물을 헤치고 머독 · 유종호 옮김 《타임》 선정 현대 100대 영문소설
179 브람스를 좋아하세요... 사강 · 김남주 옮김
180 카타리나 블룸의 잃어버린 명예 하인리히 뵐 · 김연수 옮김 노벨 문학상 수상 작가
181·182 에덴의 동쪽 스타인벡 · 정회성 옮김 노벨 문학상 수상 작가
183 순수의 시대 워튼 · 송은주 옮김 《뉴스위크》 선정 100대 명저 | 퓰리처상 수상작
184 도둑 일기 주네 · 박형섭 옮김
185 나자 브르통 · 오생근 옮김
186·187 캐치-22 헬러 · 안정효 옮김 《타임》 선정 현대 100대 영문소설
188 숄로호프 단편선 숄로호프 · 이항재 옮김 노벨 문학상 수상 작가
189 말 사르트르 · 정명환 옮김
190·191 보이지 않는 인간 엘리슨 · 조영환 옮김 《타임》 선정 현대 100대 영문소설
192 왑샷 가문 연대기 치버 · 김승욱 옮김 퓰리처상 수상 작가
193 왑샷 가문 몰락기 치버 · 김승욱 옮김 퓰리처상 수상 작가
194 필립과 다른 사람들 노터봄 · 지명숙 옮김
195·196 하드리아누스 황제의 회상록 유르스나르 · 곽광수 옮김
197·198 소피의 선택 스타이런 · 한정아 옮김 퓰리처상 수상 작가
199 피츠제럴드 단편선 2 피츠제럴드 · 한은경 옮김
200 홍길동전 허균 · 김탁환 옮김
201 요술 부지깽이 쿠버 · 양윤희 옮김
202 북호텔 다비 · 원윤수 옮김
203 톰 소여의 모험 트웨인 · 김욱동 옮김
204 금오신화 김시습 · 이지하 옮김
205·206 테스 하디 · 정종화 옮김 미국대학위원회 선정 SAT 추천도서 | BBC 선정 꼭 읽어야 할 책
207 브루스터플레이스의 여자들 네일러 · 이소영 옮김
208 더 이상 평안은 없다 아체베 · 이소영 옮김
209 그레인지 코플랜드의 세 번째 인생 워커 · 김시현 옮김 퓰리처상 수상 작가
210 어느 시골 신부의 일기 베르나노스 · 정영란 옮김
211 타라스 불바 고골 · 조주관 옮김
212·213 위대한 유산 디킨스 · 이인규 옮김 서울대 권장도서 100선 | BBC 선정 꼭 읽어야 할 책
214 면도날 서머싯 몸 · 안진환 옮김
215·216 성채 크로닌 · 이은정 옮김
217 오이디푸스 왕 소포클레스 · 강대진 옮김 서울대 권장도서 100선
218 세일즈맨의 죽음 밀러 · 강유나 옮김
219·220·221 안나 카레니나 톨스토이 · 연진희 옮김 서울대 권장도서 100선

222 **오스카 와일드 작품선** 와일드 · 정영목 옮김
223 **벨아미** 모파상 · 송덕호 옮김
224 **파스쿠알 두아르테 가족** 호세 셀라 · 정동섭 옮김 노벨 문학상 수상 작가
225 **시칠리아에서의 대화** 비토리니 · 김운찬 옮김
226·227 **길 위에서** 케루악 · 이만식 옮김 《타임》 선정 현대 100대 영문소설 | 《뉴스위크》 선정 100대 명저
228 **우리 시대의 영웅** 레르몬토프 · 오정미 옮김
229 **아우라** 푸엔테스 · 송상기 옮김
230 **클링조어의 마지막 여름** 헤세 · 황승환 옮김 노벨 문학상 수상 작가
231 **리스본의 겨울** 무뇨스 몰리나 · 나송주 옮김
232 **뻐꾸기 둥지 위로 날아간 새** 키지 · 정회성 옮김 《타임》 선정 현대 100대 영문소설
233 **페널티킥 앞에 선 골키퍼의 불안** 한트케 · 윤용호 옮김 노벨 문학상 수상 작가
234 **참을 수 없는 존재의 가벼움** 쿤데라 · 이재룡 옮김
235·236 **바다여, 바다여** 머독 · 최옥영 옮김
237 **한 줌의 먼지** 에벌린 워 · 안진환 옮김 《타임》 선정 현대 100대 영문소설
238 **뜨거운 양철 지붕 위의 고양이 · 유리 동물원** 윌리엄스 · 김소임 옮김 퓰리처상 수상작
239 **지하로부터의 수기** 도스토옙스키 · 김연경 옮김
240 **키메라** 바스 · 이운경 옮김
241 **반쪼가리 자작** 칼비노 · 이현경 옮김
242 **벌집** 호세 셀라 · 남진희 옮김 노벨 문학상 수상 작가
243 **불멸** 쿤데라 · 김병욱 옮김
244·245 **파우스트 박사** 토마스 만 · 임홍배, 박병덕 옮김 노벨 문학상 수상 작가
246 **사랑할 때와 죽을 때** 레마르크 · 장희창 옮김
247 **누가 버지니아 울프를 두려워하랴?** 올비 · 강유나 옮김
248 **인형의 집** 입센 · 안미란 옮김
249 **위폐범들** 지드 · 원윤수 옮김 노벨 문학상 수상 작가
250 **무정** 이광수 · 정영훈 책임 편집 서울대 권장도서 100선
251·252 **의지와 운명** 푸엔테스 · 김현철 옮김
253 **폭력적인 삶** 파솔리니 · 이승수 옮김
254 **거장과 마르가리타** 불가코프 · 정보라 옮김
255·256 **경이로운 도시** 멘도사 · 김현철 옮김
257 **야콥을 둘러싼 추측들** 욘존 · 손대영 옮김
258 **왕자와 거지** 트웨인 · 김욱동 옮김
259 **존재하지 않는 기사** 칼비노 · 이현경 옮김
260·261 **눈먼 암살자** 애트우드 · 차은정 옮김 《타임》 선정 현대 100대 영문소설
262 **베니스의 상인** 셰익스피어 · 최종철 옮김
263 **말리나** 바흐만 · 남정애 옮김
264 **사볼타 사건의 진실** 멘도사 · 권미선 옮김
265 **뒤렌마트 희곡선** 뒤렌마트 · 김혜숙 옮김
266 **이방인** 카뮈 · 김화영 옮김 노벨 문학상 수상 작가 | 미국대학위원회 선정 SAT 추천도서
267 **페스트** 카뮈 · 김화영 옮김 노벨 문학상 수상 작가 | 국립중앙도서관 선정 청소년 권장도서
268 **검은 튤립** 뒤마 · 송진석 옮김
269·270 **베를린 알렉산더 광장** 되블린 · 김재혁 옮김
271 **하얀 성** 파묵 · 이난아 옮김 노벨 문학상 수상 작가
272 **푸슈킨 선집** 푸슈킨 · 최선 옮김
273·274 **유리알 유희** 헤세 · 이영임 옮김 노벨 문학상 수상 작가

335 **코스모스** 곰브로비치 · 최성은 옮김

336 **좁은 문 · 전원교향곡 · 배덕자** 지드 · 동성식 옮김 노벨 문학상 수상 작가

337·338 **암 병동** 솔제니친 · 이영의 옮김 노벨 문학상 수상 작가

339 **피의 꽃잎들** 응구기 와 시옹오 · 왕은철 옮김

340 **운명** 케르테스 · 유진일 옮김 노벨 문학상 수상 작가

341·342 **벌거벗은 자와 죽은 자** 메일러 · 이운경 옮김 퓰리처상 수상 작가

343 **시지프 신화** 카뮈 · 김화영 옮김 노벨 문학상 수상 작가

344 **뇌우** 차오위 · 오수경 옮김

345 **모옌 중단편선** 모옌 · 심규호, 유소영 옮김 노벨 문학상 수상 작가

346 **일야서** 한사오궁 · 심규호, 유소영 옮김

347 **상속자들** 골딩 · 안지현 옮김 노벨 문학상 수상 작가

348 **설득** 오스틴 · 전승희 옮김

349 **히로시마 내 사랑** 뒤라스 · 방미경 옮김

350 **오 헨리 단편선** 오 헨리 · 김희용 옮김

351·352 **올리버 트위스트** 디킨스 · 이인규 옮김

353·354·355·356 **전쟁과 평화** 톨스토이 · 연진희 옮김

357 **다시 찾은 브라이즈헤드** 에벌린 워 · 백지민 옮김

358 **아무도 대령에게 편지하지 않다** 마르케스 · 송병선 옮김

359 **사양** 다자이 오사무 · 유숙자 옮김

360 **좌절** 케르테스 · 한경민 옮김 노벨 문학상 수상 작가

361·362 **닥터 지바고** 파스테르나크 · 김연경 옮김 노벨 문학상 수상 작가

363 **노생거 사원** 오스틴 · 윤지관 옮김

364 **개구리** 모옌 · 심규호, 유소영 옮김 노벨 문학상 수상 작가

365 **마왕** 투르니에 · 이원복 옮김 공쿠르상 수상 작가

366 **맨스필드 파크** 오스틴 · 김영희 옮김

367 **이선 프롬** 이디스 워튼 · 김욱동 옮김 퓰리처상 수상 작가

368 **여름** 이디스 워튼 · 김욱동 옮김 퓰리처상 수상 작가

369·370·371 **나는 고백한다** 자우메 카브레 · 권가람 옮김

372·373·374 **태엽 감는 새 연대기** 무라카미 하루키 · 김난주 옮김

375·376 **대사들** 제임스 · 정소영 옮김

377 **족장의 가을** 마르케스 · 송병선 옮김 노벨 문학상 수상 작가

378 **핏빛 자오선** 매카시 · 김시현 옮김

379 **모두 다 예쁜 말들** 매카시 · 김시현 옮김

380 **국경을 넘어** 매카시 · 김시현 옮김

381 **평원의 도시들** 매카시 · 김시현 옮김

382 **만년** 다자이 오사무 · 유숙자 옮김

383 **반항하는 인간** 카뮈 · 김화영 옮김 노벨 문학상 수상 작가

384·385·386 **악령** 도스토옙스키 · 김연경 옮김

387 **태평양을 막는 제방** 뒤라스 · 윤진 옮김

388 **남아 있는 나날** 가즈오 이시구로 · 송은경 옮김

389 **앙리 브륄라르의 생애** 스탕달 · 원윤수 옮김

390 **찻집** 라오서 · 오수경 옮김

391 **태어나지 않은 아이를 위한 기도** 케르테스 · 이상동 옮김 노벨 문학상 수상 작가

392·393 **서머싯 몸 단편선** 서머싯 몸 · 황소연 옮김

394 **케이크와 맥주** 서머싯 몸 · 황소연 옮김

395 **월든** 소로 · 정회성 옮김

396 **모래 사나이** E. T. A. 호프만 · 신동화 옮김

397·398 **검은 책** 오르한 파묵 · 이난아 옮김 노벨 문학상 수상 작가

399 **방랑자들** 올가 토카르추크 · 최성은 옮김 노벨 문학상 수상 작가

400 **시여, 침을 뱉어라** 김수영 · 이영준 엮음

401·402 **환락의 집** 이디스 워튼 · 전승희 옮김

403 **달려라 메로스** 다자이 오사무 · 유숙자 옮김

404 **아버지와 자식** 투르게네프 · 연진희 옮김

405 **청부 살인자의 성모** 바예호 · 송병선 옮김

406 **세피아빛 초상** 아옌데 · 조영실 옮김

407·408·409·410 **사기 열전** 사마천 · 김원중 옮김 서울대 권장도서 100선

411 **이상 시 전집** 이상 · 권영민 책임 편집

412 **어둠 속의 사건** 발자크 · 이동렬 옮김

413 **태평천하** 채만식 · 권영민 책임 편집

414·415 **노스트로모** 콘래드 · 이미애 옮김

416·417 **제르미날** 졸라 · 강충권 옮김

418 **명인** 가와바타 야스나리 · 유숙자 옮김 노벨 문학상 수상 작가

419 **핀처 마틴** 골딩 · 백지민 옮김 노벨 문학상 수상 작가

420 **사라진 · 샤베르 대령** 발자크 · 선영아 옮김

421 **빅 서** 케루악 · 김재성 옮김

422 **코뿔소** 이오네스코 · 박형섭 옮김

423 **블랙박스** 오즈 · 윤성덕, 김영화 옮김

424·425 **고양이 눈** 애트우드 · 차은정 옮김

426·427 **도둑 신부** 애트우드 · 이은선 옮김

428 **슈니츨러 작품선** 슈니츨러 · 신동화 옮김

429·430 **세계의 끝과 하드보일드 원더랜드** 무라카미 하루키 · 김난주 옮김

431 **멜랑콜리아 I–II** 욘 포세 · 손화수 옮김 노벨 문학상 수상 작가

432 **도적들** 실러 · 홍성광 옮김

433 **예브게니 오네긴 · 대위의 딸** 푸시킨 · 최선 옮김

434·435 **초대받은 여자** 보부아르 · 강초롱 옮김

436·437 **미들마치** 엘리엇 · 이미애 옮김

438 **이반 일리치의 죽음** 톨스토이 · 김연경 옮김

439·440 **캔터베리 이야기** 초서 · 이동일, 이동춘 옮김

441·442 **아소무아르** 졸라 · 윤진 옮김

443 **가난한 사람들** 도스토옙스키 · 이항재 옮김

세계문학전집은 계속 간행됩니다.